Die Golfspielerin

Jan Otrysko

Die Golfspielerin

Eine schöne Amazone.

Bibliografische Information der Deutschen
Nationalbibliothek:
Die Deutsche Nationalbibliothek verzeichnet diese
Publikation in der Deutschen Nationalbibliografie;
detaillierte bibliografische Daten sind im Internet über
http://dnb.dnb.de abrufbar.

TWENTYSIX
Eine Marke der Books on Demand GmbH
Herstellung und Verlag
BoD – Books on Demand, Norderstedt

© 2021 Jan Otrysko

Covergrafik: 123rf.com / actionsports

ISBN: 978-3-7407-8283-2

Erklärungen

Abgesehen von historischen und bekannten Fakten ist der Kontakt mit lebenden Menschen nicht beabsichtigt.

Die Helden sind literarische Charaktere, aber sie leben in der realen Welt. Aus diesem Grund tragen sie echte Kleidung, fahren echte Autos, fliegen Flugzeuge und so weiter.

Der Autor wählte Waren und Dienstleistungen ohne kommerzielles Interesse.

Medizinische Fälle sind literarische Fiktion.

Jan Otrysko

Motto:

"Darum sage ich euch: Alles, was ihr bittet in eurem Gebet, glaubt nur, dass ihr's empfangt, so wird's euch zuteilwerden."[1]

---

[1] [Markus Evangelist 11:24] [VLW 2.]

I.

Das Radioprogramm WDR-2 sendet den berühmten ABBA-Song "The Winner Takes It All"[2].

Es ist kurz vor 16 Uhr. Dritter Freitag im Juli, ein schöner sonniger Sommertag. Vor zwei Tagen gab es einen starken Sturm und die Natur sieht heute noch frisch und schön aus.

Musik läuft im Autoradio. Annegret fährt auf der Landstraße L284 mit seinem neu gekauften T-Roc Cabriolet in rotmetallischem Farbe Volkswagen.

Annegret sieht sehr schön und attraktiv aus. Heute Morgen hat sie ein Schönheits- und Massagestudio besucht. Die Massage entspannte ihre Muskeln, ihre Nägel nahmen eine schöne leuchtend rote Farbe an. Annegret trug ein neues königsblaues Sommerkleid COFIP-N von Mango mit rundem Ausschnitt. Sie trug auch in Nude-Farbe Streifensandalen von Anna Field.

Sie lebte in einem Einfamilienhaus, das vor zehn Jahren am Stadtrand von Wipperfürth gebaut wurde. Die Straße führt durch Wälder und Wiesen im Bergischen Land. Überall weiden Kühe und Schafe.

---

[2] [VM 1.] [VLW 17.]

Annegret fährt nicht schnell, weil die Straße eng ist. Aber sie überholt leicht einen Traktor und einen Bus. Ihr Ziel ist der Golfplatz "Gimborner Land"[3] im Oberbergischen Kreis. Annegret begann letzten Sommer Golf zu spielen und erhielt Ende September ihre Golfplatzreife. Sie mochte dieses Spiel. Golf spielen hilft ihr, ihr geistiges und körperliches Gleichgewicht zu halten. Um 16 Uhr erreichte Annegret ihr Ziel.

Auf dem Parkplatz nahm sie ihre Sporttasche aus dem Kofferraum. In der Tasche hatte sie Golfschuhe, ein Golfkleid, zwei Plastikflaschen mit Mineralwasser, Dokumente, ein Portemonnaie und ein Handy. Annegret wechselte auch ihre Sonnenbrille Typ Aviator zu einer Sportbrille. Sie parkte ihren elektrischen Caddy[4] mit einer Golfschlägertasche in einem speziellen Raum vor Ort. Zuerst ging sie in die Garderobe. Heute trug sie das neue Scarlet-Golfkleid von Daily Sport in rosa und den weißen Ecco-Golfschuhen von dem letzten Jahr.

---

[3] [VLI 14.]

[4] Ein kleiner elektrischer Wagen zum Transportieren von Golftaschen.

Das Sekretariat auf dem Golfplatz war schon geschlossen, so dass Annegret in ein spezielles Buch hat sich eingetragen. Zuerst nahm sie einen Eimer mit Trainingsbällen und ging zur *Driving Range*[5]. Sie kannte die Spieler, die dort zuvor trainierten, nicht, aber sie begrüßte alle herzlich. Sie übte ohne Eile mit allen Arten von Schlägern.

Annegret fragte die anderen Spieler, ob jemand den Golfplatz gebucht habe und ob sie jetzt anfangen könnten zu spielen. Im Moment war der Golfplatz frei und die Golfspielerin machte sich auf den Weg zum ersten *Abschlag*[6].

---

[5] Trainingsbereich vor dem Spiel. [VLI 24.]

[6] Der Ort, an dem das Spiel beginnt. [VLI 24.]

II.

Sie ist Linkshänderin und spielt sehr vorsichtig auf dem ersten *Tee*[7]. Am Rande des Spielfelds verläuft eine Straße, daneben befinden sich Einfamilienhäuser. Annegret spielte mit besonderer Sorgfalt und wollte vermeiden, dass den Ball außerhalb des Spielfeldes landet.

Der erste Abstand zum *Loch*[8] beträgt ca. 300 Meter. Annegret erzielte das Loch mit nur vier Schlägen. Die Sonne stand immer noch hoch, aber das Wetter war trotz der Hitze angenehm. Das Spiel ging weiter. Als sie sich *Green*[9] für das zweite Loch näherte, bemerkte sie einen Mann mitten auf dem *Fairway*[10]. Nach dem zweiten Loch machte sie eine kurze Pause und wollte den Mann vor sich herkommen lassen.

---

[7] In diesem Fall Synonym von Abschlag. [VLI 24.]

[8] Das Loch, in das der Golfball gelegt werden soll, hat einen Durchmesser von ca. 10 cm. Um es aus der Ferne sichtbar zu machen, befindet sich eine Flagge darin, die beim Spielen auf Grün entfernt wird.

[9] Ein Feld mit sehr kurz geschnittenem Spezialgras um das Loch. [VLW 24.]

[10] Ein großer Bereich sauber geschnittenen Grases, in dem ein Spieler spielen sollte. [VLW 24.]

Vor der dritten Spielbahn, um das Spiel zu starten, setzte sich Annegret auf eine Bank und trank Mineralwasser. Zu diesem Zeitpunkt kam der nächste Spieler. Es war ein 38-jähriger Mann.

- Hallo. Machst du nach zwei Löchern eine Pause oder spielst du jetzt die zweite Runde? - Er fragte freundlich.

- Nein, ich habe gerade erst angefangen, aber ich wollte dich passieren lassen, damit du sicher weiterspielen kannst. Sagte Annegret.

Der Mann fand Annegret sehr hübsch und sympathisch.

- Mein Name ist Wilhelm. Ich schlage vor, dass wir weiter zusammenspielen? Ich bin auch allein hier.

Annegret war von diesem Vorschlag überrascht. Bis jetzt spielte sie immer allein und hielt es für eine gute Idee, sonst würden wir uns nur selbst stören.

- Klar, aber bei diesem Wetter möchte ich nur die ersten neun Löcher spielen (*Front Nine*[11]). Wir haben schon zwei gemacht. Wer verliert, muss das

---

[11] Dieser Golfplatz besteht aus nur 9 Löchern. Wenn jemand die vollen 18 spielen möchte, muss er zwei Runden spielen, also auch *Back Nine*. [VLW 14.]

Mittagessen im Restaurant bezahlen. Ich heiße Annegret. - Sie sagte.

- Also gut, ich stimme zu.

- Also bitte fängst du an.

Das dritte Loch ist sehr anspruchsvoll. Das Spielfeld ist kurz, in diesem Fall ist *Par*[12] 3 geplant. Aus diesem Grund sollte das Loch in zwei, maximal drei Schlägen erreicht werden.

Wilhelm nahm ein langes *Tee*[13] und den Schläger Typ *Driver*[14]. Der Golfer spielte mit einer Reihe von Schlägern der Firma Cobra. Wilhelm wollte, dass der Ball auf oder direkt neben *Green* landet. Er

---

[12] Die geschätzte Anzahl der Schläge, in denen das Loch gespielt werden soll. [VLW 24.]

[13] Die zweite Bedeutung des Wortes ist ein kleiner Holz- bzw. Kunststoffstifft, auf das der Ball gelegt wird, bevor er getroffen wird. Dies ist nur im Abschlagsbereich möglich.

[14] Der längste Schläger, mit dem der Ball im ersten Schlag so weit wie möglich geschlagen wird.

konzentrierte sich und schlug zu. Leider landete der Ball im *Bunker*[15] direkt vor *Green*.

Dann ging Annegret zu ihrem *Tee-Sitz*. Sie nahm auch den *Driver*. Sie legte den Ball auf *Tee*.

Wilhelm beobachtete die Frau sehr genau. Er wird an den berühmten Walzer von Johann Strauss "An der schönen und blauen Donau"[16] erinnert.

Annegret nahm entsprechende Position ein. Der Waltz, in Wilhelms Kopf, hat das Endstadium erreicht. Annegret schwang langsam und traf den Ball sehr präzise und mit hoher Geschwindigkeit, der in der Mitte von *Green* landete. Wilhelm war sehr beeindruckt, aber er wusste, dass das Spiel noch nicht vorbei war. Beide näherten sich zum *Green*. Wilhelm nahm einen geeigneten *Sandwedge*[17] und stellte sich in den Sand. Er schlug den Ball mit großer Konzentration, dieser nahe am Loch landete. Der Annegret-Ball befand sich etwa 1,80 Meter vom Loch entfernt.

---

[15] Ein *Bunker* ist ein Hindernis in Form einer vertieften mit Sand belegten Bodenstelle. [VLW 22.]

[16] [VM 11.]

[17] Ein Stock, um einen Ball aus dem Sand zu werfen.

Annegret nahm den *Putter*[18] und wollte das Loch mit einem Schlag erreichen. Sie traf den Ball und er ging in die richtige Richtung, aber kurz vor dem Loch blieb der Ball stehen. Wilhelm dachte, ich habe wahrscheinlich noch eine Chance auf ein Unentschieden. Er nahm auch einen *Putter* und erzielte ein Loch bei seinem dritten Schlag. Annegret traf das Ziel auch in drei Schlägen. Bisher gab es ein Unentschieden.

Sie waren beide sehr zufrieden. Zusammen zu spielen hat Spaß gemacht und sie haben es genossen, andere Teile des Golfplatzes mit großer Freude zu spielen. Nachdem sechs Löcher zusammengespielt wurden, gab es drei bis drei, sodass im letzten Teil entschieden wird, wer der Gewinner sein wird.

Das neunte Loch ist nicht einfach, da die *Tee-Position* besonders für Männer sehr lang ist und die Spielbahn als *Doppel-Dogleg*[19] ausgelegt ist. Natürlich kannten beide den Golfplatz gut und hatten eine

---

[18] Es ist ein Stock für kurze Schläge. Nach dem Treffer rollt der Ball auf dem Rasen in Richtung Loch.

[19] In diesem Fall ist die Spiellinie nicht gerade, sondern dreht sich irgendwann nach links oder rechts. Oft ist die Flagge des Lochs zu Beginn des Spiels nicht sichtbar. [VLW 14.]

Strategie. Wilhelms erster Schuss war sehr gut und der Ball landete in der Mitte der ersten Kurve. Annegret wusste, dass sie sich sehr konzentrieren musste, weil noch alles offen war. Das Spiel wurde mit großer Spannung gespielt. Sie waren beide schon in der Nähe von *Green*. Leider landete Wilhelms Ball wieder im *Bunker*. Annegret erreichte *Green* und ihr Ball war nahe am *Loch*. Für Wilhelm sah es nicht gut aus. Er musste das Ziel mit einem Schlag erreichen. Trotz der hohen Konzentration stoppte der Ball etwas früher. Annegret stach den Ball ohne Probleme. Sie gewann mit einem Schlag.

Wilhelm gratulierte ihr.

- Dann lade ich dich jetzt in unser Golfrestaurant ein.

- Oh, vielen Dank, aber ich möchte mich zuerst erfrischen.

Wilhelm parkte auch seinen Golfwagen in der dafür vorgesehenen Garage. Sie säuberten ihre *Caddies* und Schuhe vor dem Parken mit einem Luftkompressor. Annegret betrat den Umkleideraum. Wilhelm ging direkt zum Auto und wechselte seine Schuhe und sein T-Shirt auf dem Parkplatz. Er wartete im Restaurant auf Annegret.

Sie betrat das Restaurant und ihr Aussehen bezauberte Wilhelm. Er war sehr beeindruckt von ihrem dunkelblauen Minikleid mit goldenen und roten Blumenelementen. Sandalen und eine Pediküre betonten ihren Sexappeal. Annegret bemerkte, dass er ihr Outfit mochte und sehr darauf bedacht war, sich an den Tisch zu setzen. Wilhelm begann das Gespräch.

- Wie lange spielst du schon Golf? Dein Schwung[20] ist sehr gut und du hast keine großen Fehler gemacht.

- Danke, ich spiele nicht lange. Ich habe letztes Jahr angefangen und habe seit September eine Golfplatzreife.

- Nun, ich habe vollen Respekt vor dir, ich spiele jetzt seit drei Jahren, aber sehr unregelmäßig. Beruflich bin ich Maschineningenieur und muss sehr oft länger bei der Arbeit bleiben oder zu Hause weiter an Projekten arbeiten.

Jetzt kann ich in einem sozialen Spiel mit dir meine Golffähigkeiten mit deine vergleichen. Dies ist eine gute Motivation, häufiger und regelmäßiger zu trainieren. Ich möchte dich um einen Rückkampf bitten. Ist es möglich, dass wir nächste Woche wieder zusammenspielen? Ich bin seit Montag im Urlaub.

---

[20] eine typische charakteristische Golfdrehung. [VLW 24.]

Annegret sah nachdenklich aus. Sie sollte am Samstag und Sonntag ihre Eltern in Köln besuchen. Am Montag hatte sie bereits einen Termin bei ihrem Frauenarzt. Aber für Dienstag hatte sie nichts geplant.

Sie sagte:

- Ich bin froh, nächsten Dienstag um 11:00 Uhr mit dir zu spielen.

- Ich bin glücklich. Also bis Dienstag.

Wie vereinbart, bezahlte Wilhelm die Rechnung. Beide verabschiedeten sich freundlich.

III.

Drei Wochen zuvor, am ersten Dienstag im Juli, kam Annegret um 8:30 Uhr im Volkswagen Autohaus an und holte ihr neues Cabrio ab. Der Verkäufer informierte sie über die wichtigsten Funktionen des Autos, insbesondere darüber, wie das Modell das Dach öffnet und schließt.

Sie kam sehr glücklich nach Hause. Zu Hause trank sie eine große Tasse weißen Kaffee und zog sich um. Ihre Scheidungsverhandlung sollte heute um 13:00 Uhr vor dem Bezirksgericht stattfinden. Ihr Mann hat die Klage vor einem Jahr mit Hilfe eines Anwalts eingereicht.

Annegret wollte elegant, aber auch attraktiv aussehen. Anstelle einer gemusterten Esprit-Kurzarmbluse trug sie eine weiße Vero Moda-Langarmbluse. Der kurze Jeansrock von LTB wurde ebenfalls gegen einen eleganten kurzen schwarzen Rock von Vero Moda ausgetauscht. Sie trug auch schwarze Riemensandalen "Smilla" von About You. Gestern hat sie ihre Fingernägel und Zehennägel mit einem eleganten schwarzen Lack lackiert.

Sie tauchte zehn Minuten zuvor vor dem entsprechenden Gerichtssaal auf. Ihr Mann und der Anwalt waren bereits da. Annegret sagte offiziell Guten

Tag, wollte aber keinen direkten Kontakt zu ihnen haben. Der Mann wollte für kurze Zeit zu ihr kommen, aber Annegret ging schnell zur Toilette. Als sie rauskam, war der Gerichtssaal bereits geöffnet und Annegret saß auf ihrem richtigen Platz.

Der Prozess wurde von einem 40-jährigen Richter namens Aristides durchgeführt. Nach einer typischen Eröffnung wollte der Richter Annegrets Meinung hören. Die Klägerin sah vor dem Gericht sehr schick aus. Eine schöne Bluse, ein kurzer Rock und elegante Sandalen, Maniküre und Pediküre machten einen sehr eleganten, aber auch attraktiven Eindruck.

Der Richter drehte sich zu ihr um.

- Sehr geehrte Frau Annegret, vor einem Jahr hat Ihr Mann die Scheidung beantragt. Der Hauptgrund, warum er schrieb, war, dass Sie als Frau für ihn nicht attraktiv waren.

Der Richter sah die elegante Frau an und fragte:

- Können Sie diese Behauptung kommentieren?

Annegret hatte keinen Anwalt und musste sich vor Gericht selbst vertreten. Sie dachte zu Recht, dass der Richter Latein sprach und antwortete.

- „De gustibus non est disputandum."[21]

- Wenn mein Mann mich nicht mehr als attraktive Frau zum Leben sieht und nicht liebt, wenn er glaubt, ich kann ihn sexuell nicht mehr befriedigen, dann ist das einfach so.

Der Richter wollte mehr Informationen und fragte:

- Gab es oder gibt es noch einen Grund, warum Ihr Mann eine solche Klage eingereicht hat?

Annegret wollte nicht viel über ihre Gesundheit sprechen, sagte aber einige Fakten.

- Vor einem Jahr war ich sehr krank. Tatsächlich ist meine Krankheit oft unheilbar. Viele Frauen überleben nach der Diagnose nicht länger als fünf Jahre. Ich überlebte auch eine größere Operation und erhielt eine zusätzliche Behandlung. Natürlich sah ich als sehr kranke Frau, die operiert wurde, nicht attraktiv aus. Meine Lebensvorhersagen waren auch sehr zweifelhaft. Aus diesem Grund verstehe ich die Entscheidung dieses Mannes.

Der Richter fragte weiter:

---

[21] „Über Geschmack kann man nicht streiten." [VLW 7.]

- Wie war Ihre Ehe nach der Behandlung, als Sie nach Hause kamen?

- Es war sehr einfach. Als ich nach Hause kam, lebte mein Mann nicht mehr dort. Das Haus gehört mir seit zehn Jahren und wurde von mir mit Hilfe meiner Eltern gebaut. Der Ehemann nahm seine persönlichen Sachen, unser Auto und er ging einfach.

Letztes Jahr hatte ich nur zwei kurze Kontakte mit ihm, weil er in seiner Eile ein paar Kleinigkeiten vergessen hatte. Außerdem hatten wir seit einem Jahr keinen Kontakt mehr. Ich sehe auch keinen Grund und ich möchte nicht, dass unsere Ehe weitergeht. Ich stimme der Scheidung vollkommen zu, aber ich fühle mich nicht schuldig. Ich wollte nicht krank sein.

Der Mann wollte aufstehen und etwas darüber sagen, aber sein Anwalt hielt ihn auf.

Nach zwei Stunden war das Urteil endgültig. Die Scheidung wurde ausgesprochen. Die Kosten für das Gerichtsverfahren und den Anwalt des Klägers mussten vollständig von ihrem Ex-Ehemann getragen werden. Der Richter entschied, dass eine schwere Krankheit formal die Ursache einer Scheidung sein könnte, aber moralisch ist dies höchst fraglich. Der Richter berücksichtigte auch Annegrets Wunsch, konnte sie jedoch nicht für schuldig erklären, dass die Ehe zusammengebrochen war.

Annegret war mit dieser Entscheidung sehr zufrieden und ging schnell auf den Parkplatz zu. Der Ex-Mann hatte einen Streit mit seinem Anwalt im Korridor, weil er nicht alle Kosten selbst tragen wollte. Aber Annegret war das egal.

Sie stieg ins Auto und spielte Michelles „Tabu" Album. Das Lied "Wenn ich was lernen hab"[22] wurde gespielt.

---

[22] [VM 9.]

IV.

Die sonnigen Sommertage dauerten lange. Am Wochenende trainierte Wilhelm ausgiebig Golf. Am Dienstag kam er um 10 Uhr am Golfplatz an und übte auf der *Driving Range*. Annegret kam kurz vor 11 Uhr an. Sie trug heute ein anderes Golfkleid. Annegret trägt ein dunkelblaues "Nostalgia" Kleid von Cross. Ihre Nägel waren mit einem dunkelblauen Lack bemalt. Sie trug dieselbe weiße Nike-Golfkappe auf dem Kopf.

Sie begrüßte ihn, schüttelte ihm die Hand und fragte sanft:

- Bist du bereit für eine Revanche?

Wilhelm wollte heute gewinnen und sagte:

- Ja natürlich. Ich hoffe, wir genießen unser Spiel. Wer gewinnt, ist nicht so wichtig.

- Gut. Dann lass mich noch ein paar Bälle üben und werden wir zum Golfplatz gehen.

Sie waren beide während des Spiels sehr konzentriert und spielten so genau wie möglich und ohne Eile. Annegret beobachtete seinen Körper und dachte:

"Ein sehr interessanter, sympathischer Partner."

Nach sieben Löchern gewann Annegret vier und Wilhelm drei. Der Golfer wusste, dass er das achte Loch entscheiden würde. Wenn Annegret erneut gewinnt, gewinnt sie das Spiel, aber wenn er das 8. Loch gewinnt, gibt es ein Unentschieden und das neunte wird entscheiden. Die achte Spur ist gerade und kurz (160-175 m), daher gibt es keinen Raum für Fehler. Wilhelm wollte der Ball mit maximal drei Schlägen einlochen und tat dies auch. Annegret brauchte vier Schläge.

Das Großartige am Golf ist, dass jeder Spieler seinen eigenen Ball mit seiner eigenen Taktik spielt, die vom anderen Spieler unabhängig ist. Aber natürlich fühlen sich alle Spieler spirituell verbunden.

Sie gingen zum entscheidenden neunten Loch.

Diesmal hatte Wilhelm mehr Glück und gewann. Annegret gratulierte ihm und umarmte ihn spontan. Nach dem Spiel stellten beide ihre Caddies in die Garage und duschten jeweils in ihrem Umkleideraum.

Annegret saß am Tisch, als Wilhelm das Restaurant betrat. Heute trug sie ein graues THE PERFECT TEE - Shirt mit der Aufschrift "Levis", kurze Jeansshorts von LTB und weiße Rieker-Sandalen. Nach Wilhelm's Meinung sah sie sehr nett und sexy aus, und er bemerkte, dass die Frau besonders ihre wohlgeformten Beine zeigen wollte.

Während des Mittags sprachen die beiden etwas mehr übereinander. Wilhelm sagte, er arbeite für eine Firma in Hückeswagen. Er hat drei Wochen frei von dieser Woche.

Annegret erwähnte, dass sie Steuerbeamtin ist, aber bis Ende August noch krankgeschrieben sein wird. Aber beide wollten nicht viel über ihre private Situation sprechen.

Wilhelm wollte mit Annegret in Kontakt bleiben, dachte aber, wenn er nach einem anderen Spiel fragte, würde es ein wenig trivial erscheinen. Aber er dachte, er könne nicht viel verlieren und sagte:

- Annegret, ich finde dich sehr nett und attraktiv. Ich würde dich gerne besser kennenlernen.

Annegret überlegte und dachte:

"Ich nehme an, es wäre besser, wenn er am Anfang die Wahrheit von mir erfahren hätte, sonst wäre die Enttäuschung noch größer."

Annegret fragte ein wenig geheimnisvoll:

- Ernsthaft? Willst du mich besser kennenlernen?

- Ja natürlich.

- Nach dem Golf kann ich dich zu mir nach Hause einladen. Dann wirst du mehr über mich erfahren.

Wilhelm war überrascht, aber erfreut. Er dachte, sie sei wahrscheinlich Fotografin oder Hobbymalerin und würde ihm gerne ihre Sammlung zeigen. Aber er wollte wirklich überrascht sein.

V.

Annegret lebte allein in einem Einfamilienhaus in Wipperfürth. Unten gab es ein großes Wohnzimmer mit Zugang zum Garten, oben gab es drei Schlafzimmer und ein großes Badezimmer.

Sie traten beide ein und Annegret reichte ihm kalten Saft.

Sie sagte:

- Entschuldigen du mich! Wirst du hier einen Moment warten? Ich komme gleich wieder.

Wilhelm wusste nicht, was los war, aber er ging zur Terrassentür und beobachtete die Umgebung des Hauses. Der Garten war groß, aber niemand schien sich darum zu kümmern. Der Klee wuchs auf dem Rasen und die alten Blätter waren noch in den Ecken.

Annegret kehrte nur in einem schwarzen Lascana Morgenmantel zurück. Wilhelm war sehr neugierig und stellte das Glas auf den Tisch und sah es an.

Annegret zog ihre Robe vollständig aus und stand nackt vor ihm. Sie sah attraktiv aus, aber Wilhelm verstand, worum es ging. Annegret hatte keine Brustdrüsen. Es gab nur zwei kleine Brustwarzen an der Brustwand. Abgesehen von diesem Detail war ihr Körper perfekt. Annegret war komplett rasiert, nur im

Schambereich befand sich ein kleiner vertikaler Haarstreifen. Sie stand auf und wartete ab, was passiert war. Sie erwartete, dass der Mann sagte:

„Du siehst gut aus, aber ich habe vergessen, dass ich heute noch ein Treffen habe, und ich werde mich verabschieden."

Aber Wilhelm blieb stehen und normalisierte seine Atmung. Plötzlich zog er sich komplett aus und stand nackt vor Annegret. Die Frau schaute auf seinen Körper und bemerkte, dass Wilhelm zwei große Operationsnarben hatte. Einer befand sich in der Mitte der Brust über dem Brustbein vom Hals bis zum Bauch und der andere befand sich an der Innenseite des linken Beins von der Innenseite des Knöchels bis zur Leiste. Sie erkannte schnell, dass Wilhelm wie ihr Onkel wahrscheinlich eine Herzbypass-Operation[23] hatte. Sein Körper sah sehr männlich aus. Wilhelm rasierte sich Beine und Brust. Annegret bemerkte auch, dass sein Glied anschwoll und dachte:

---

[23] Die Koronarbypass-Operation ist eine Art Herzchirurgie, die darauf abzielt, die geschlossenen oder verengten Abschnitte der Koronararterien, die den Herzmuskel versorgen, zu umgehen.

"Mit meinem Sexappeal ist es wahrscheinlich nicht so schlimm, wenn ich einen Mann dazu bringen kann, eine Erektion zu bekommen."

Wilhelm trat näher und kuschelte sich an sie. Annegret war verzaubert. Wilhelm küsste ihre Ohren und ihren Hals, bis schließlich tiefe Küsse zwischen ihnen auftraten. Annegret hat seit über einem Jahr kein Sexualleben mehr und verwendet derzeit keine Verhütungsmittel. Kurz vor der Operation hörte sie auf, Antibabypillen einzunehmen.

Bei dieser Hitze erfrischten sich beide mit lauwarmem Wasser und Annegret brachte ihn ins Schlafzimmer.

Wilhelm wusste, dass seine Partnerin sehr stolz auf ihre Beine war. Aus diesem Grund begann er, ihre Füße, Unterschenkel und Oberschenkel zu küssen und zu massieren. Annegret massierte auch seine Beine und seinen Bauch. Dann hatten sie intensiven Verkehr.

Wilhelm hatte lange Zeit keinen sexuellen Kontakt. Nach dem Tod seiner Frau war er mehrere Monate lang depressiv und konzentrierte sich dann auf seine Arbeit.

Sie waren beide sehr glücklich und hatten nicht erwartet, dass dieser Tag so aufregend sein würde. Nach dem Bad zogen sie sich wieder an und Annegret lud Wilhelm auf die Terrasse ein.

VI.

Die Hausherrin brachte zwei Cappuccinos und alkoholfreie Getränke mit.

- Lebst du allein oder hast du eine Familie? Fragte Annegret.

- Meine Frau ist vor einem Jahr an Eierstockkrebs gestorben. Nach ihrem Tod war ich sehr depressiv und gestresst. Aus diesem Grund entwickelte sich bei mir eine koronare Herzkrankheit[24]. Vor sechs Monaten hatte ich an der Universität Bonn eine Bypass-Operation an den Herzkranzgefäßen. Ich habe eine 17-jährige Tochter Jaqueline.

- Es tut mir leid, dass du deine Frau verloren hast.

- Was ist mit dir? Wenn ich mir den Garten anschaue, habe ich den Eindruck, dass sich seit einigen Monaten niemand mehr darum gekümmert hat.

- Du hast recht. Ich hatte vor 14 Monaten eine Brustoperation auf beiden Seiten. Aufgrund von bösartigem Krebs wurden beide Brustdrüsen vollständig entfernt. Danach hatte ich auch eine adjuvante Chemotherapie. Aufgrund meiner Krankheit,

---

[24] KHK - eine ischämische Herzerkrankung

insbesondere des Verlustes meiner Brüste, verließ mich mein Ehemann. Die letzte Scheidungsverhandlung fand vor drei Wochen statt und meine Ehe endete schließlich. Wir hatten keine Kinder.

- Und dein Mann hat dich zu Hause gelassen?

Annegret antwortete mit einem Lachen.

- Ich habe dieses Haus vor zehn Jahren gebaut und wir waren insgesamt fünf Jahre verheiratet. Es ist also Teil meines persönlichen Vermögens. Der Mann nahm das Auto, das wir zusammengekauft hatten. Ich hatte einige Monate kein Auto, aber vor drei Wochen habe ich einen neuen Volkswagen abgeholt. Du siehst, das ist das Leben selbst, was oft nicht so einfach ist. Aber genau wie beim Golf müssen wir um jeden Schlag und jedes Loch kämpfen. Egal wie andere spielen, wir müssen unser eigenes Leben spielen.

Als er nach Hause fuhr, verstand Wilhelm, warum Annegret immer gern ihre Beine zeigte. Sie wollte nicht, dass sich jemand auf ihre Brüste konzentrierte und vielleicht vermutete, dass etwas nicht stimmte.

VII.

Annegret und Wilhelm spielten im August und September regelmäßig Golf. Besonders am Wochenende, als sie mehr Zeit hatten, spielten sie zwei Runden, das sind 18 Löcher.

Sie lebten immer noch getrennt, aber ihr Sexualleben entwickelte sich sehr intensiv. Annegret ließ von einem Gynäkologen ein nicht-hormonelles Kupfer-IUP[25] einführen, um eine Schwangerschaft zu verhindern.

Wilhelm liebte klassische Musik, Theater und Oper, und Annegret begleitete ihn gerne. Ende September lud Wilhelm Annegret zu sich nach Hause ein. Er wollte sie seiner Tochter vorstellen.

Der Mann lebte auch in einem Einfamilienhaus, aber in einem anderen Stadtteil von Wipperfürth. Das Haus gehörte seiner Frau und wurde von seiner Tochter Jacqueline geerbt.

Jacqueline war 17 Jahre alt und besuchte ein Gymnasium. Ihr Freund Waldemar besuchte die gleiche Schule, war aber ein Jahr älter. Nächstes Jahr

---

[25] Intrauterine Kupferspiralen sind reversible Methoden der Langzeitverhütung.

(IUP - Intrauterinpessar)

sollte er sein Abitur machen und Medizin studieren. Jacqueline mochte Mathe und plante, in Zukunft in Wirtschaftswissenschaften zu wachsen. Nach dem Tod ihrer Mutter fühlte sich die Tochter sehr einsam. Aus diesem Grund wollte Wilhelm nicht sofort in Annegrets Haus einziehen, da er Vater und Mutter für Jacqueline war.

Jacqueline und Waldemar begrüßten Annegret sehr herzlich. Insbesondere Jacqueline diskutierte mit ihr viele mathematische und wirtschaftliche Probleme. Jacquelines Haus war groß genug und mit Wilhelm hatten sie ein separates Zimmer für Annegret vorbereitet.

Wilhelm verbrachte oft Zeit bei seiner Geliebten und sie bereitete ihm auch einen Kleiderschrank vor, in dem er seine Unterwäsche, Hemden, Hosen und andere Dinge zurücklassen konnte.

Wilhelm hörte viel gute Musik. Aus diesem Grund kaufte er auch ein Bose-Musiksystem für das Schlafzimmer. Annegret und Wilhelm hatten vor dem Herbst auch ihren Garten aufgeräumt. Der Rasen wurde ordnungsgemäß gemäht, alte Pflanzenreste und Blätter wurden weggeworfen, unerwünschte Pflanzen oder Sträucher wurden entfernt. Die Gartenmöbel waren nicht mehr in Ordnung und sie planten, im nächsten Frühjahr ein neues Möbel Set zu kaufen. Wilhelm besuchte auch regelmäßig seinen Hausarzt und ließ sich einmal im Jahr einer Herzuntersuchung unterziehen. Sein Herz funktionierte gut und das Belastungs-EKG ergab ein gutes Ergebnis.

VIII.

Am 1. September kehrte Annegret nach 14 Monaten zur Arbeit zurück. Sie arbeitete nicht in Wipperfürth, konnte aber problemlos zur Arbeit in ihrem neuen Auto pendeln. Bis zum Jahresende sollte sie weiterhin Teilzeit mit einer allmählich steigenden Arbeitsbelastung arbeiten und ab dem 1. Januar nächsten Jahres 8 Stunden am Tag arbeiten.

Annegret fühlte sich körperlich sehr wohl und kam mit großer Freude und Hoffnung zur Arbeit. Am ersten Tag sprach sie zum ersten Mal mit der Direktorin des Finanzamtes. Die neue Chefin Sabine übernahm die Position vor sechs Monaten und traf Annegret zum ersten Mal.

Sie stellte sich kurz vor und sagte, dass die Arbeit beim Finanzamt leicht neu organisiert worden sei. Annegret wird die Leiterin einer kleinen Gruppe sein, die sich um kleine und mittlere Unternehmen mit einer Steuerdivergenz von mehr als 10.000 Euro kümmern soll. In dieser Region gibt es etwa 100 bis 200 Fälle pro Jahr, sodass der Gesamtbetrag der fraglichen Steuer zwischen 1 und 2 Mio. EUR liegt. Ihr Team sollte aus vier Assistenten bestehen, die bereits über mehrjährige Berufserfahrung verfügen: Elena, Torsten, Efkan und Eduard.

Annegret war sich bewusst, dass ihre neue Position eine Verantwortung sein würde, war aber erfreut, dass die neue Direktorin ihr vertraute.

Nach dem Interview ging Sabine mit Annegret in den 3. Stock und wollte die Leiterin ihr Team vorstellen.

Die Gruppe besaß drei Räume. Der erste Raum für Annegret als Managerin war klein. Dann gab es zwei größere Räume für jeweils zwei Assistenten: im ersten war Elena mit Torsten, im zweiten Efkan mit Eduard. Nach einer kurzen Einführung kehrte die Direktorin in ihr Büro zurück. Es war gegen 9:30 Uhr.

Annegret lud ihr Team um 10:15 Uhr in ihr Büro ein.

Am ersten Tag kam sie mit einer größeren Tasche zur Arbeit. Das erste, was sie tat, war sich umzuziehen. Anstelle eines Sommerkleides zog sie eine weiße Bluse und lange schwarze Hosen an, statt Sandalen zog sie stilvolle niedrige Schuhe an, die teilweise offen waren, aber mit bedeckten Zehen. Sie wollte im Büro immer andere Kleidung tragen als in ihrem Privatleben.

Annegret erhielt von der IT-Abteilung einen Umschlag mit neuem Zugang zum Steuer- und E-Mail-Programm. Die Beamtin hat die Konfiguration des Computers geändert. Auf den Schreibtisch legte sie ein A4-Notizbuch und einen Kalender. Sie erhielt auch einen Umschlag von der Personalabteilung. Der Umschlag enthielt einen Anhang zu ihrem Arbeitsvertrag. Sie wurde als Teamleiterin mit einem viel höheren Gehalt eingestuft. Die anderen Arbeitsbedingungen blieben unverändert.

Die Teammitglieder kamen pünktlich an. Sie bemerkten, dass ihre Managerin sich umzog, und fanden das als eine sehr gute Idee. Elena und andere Kollegen akzeptierten die Tatsache, dass bei der Arbeit andere Kleidung als gewöhnlich getragen wird.

Das Team informierte sie über den Fortgang des Verfahrens und Annegret bereitete einen detaillierten Plan für die kommende Woche vor.

Annegret hat sich in ihrer neuen Position gut etabliert und ihr Team arbeitet sehr effizient.

IX.

Jaqueline wurde Mitte September 18 Jahre alt. Annegret und Wilhelm schenkten ihr ein hochprofessionelles, aktuelles Modell des iMac Pro. Jaqueline war sehr erfreut, weil sie wusste, dass sie sich langsam auf ihre Abschlussprüfungen und zukünftigen Studien vorbereiten musste. Ein leistungsstarker mobiler Notebook-Computer war das perfekte Geschenk.

Jaqueline und Waldemar treffen sich seit anderthalb Jahren regelmäßig. Zuerst war es eine Frage des Sexualtriebs zwischen ihnen, aber Sympathie und Liebe entwickelten sich sehr schnell. Jaquelines Körper nahm eine sehr schöne weibliche Form an. Aufgrund der Schule machte sie ihr Make-up sehr sparsam, aber sie wollte ihre Weiblichkeit betonen. Waldemar war stolz darauf, dass er eine schöne Frau liebte.

Heute sah sie schick aus. Jaqueline trägt eine Chiffonbluse und einen Minirock. Annegret und Wilhelm wussten, dass sie beide die Feier allein fortsetzen wollten. Aus diesem Grund kamen sie kurz nach 20:00 Uhr in Annegrets Haus an. Das kürzlich gekaufte Lieblingsalbum "Love Kills" von Natalia

Avelon flog im Auto. Beide mögen besonders das Lied "Bird in the Dark"[26].

---

[26] [VM 2.]

X.

Anfang Oktober war es bereits Herbst im Bergischen Land. Tagsüber war das Wetter wechselhaft, aber oft sonnig. Die Nächte waren kalt. Es war Samstag. Am Wochenende konnten Annegret und Wilhelm einen langen, sinnlichen Abend verbringen. Mehrere Sterne leuchteten am dunklen Himmel. Die große Scheibe des Vollmonds reflektierte die Sonnenstrahlen. Das Schlafzimmer in Annegrets Haus war schwach, aber charmant beleuchtet.

Der Orgasmus nach dem Sex brachte ihnen sowohl Entspannung als auch Ruhe. Annegret legte sich auf Wilhelm und sah in sein Gesicht. Wilhelm sah glücklich aus. Annegret stand auf und der Geliebter fragte, ob er Musik machen könne.

Sie ging nackt zum Fenster und sagte:

- Na sicher.

Bose spielte die berühmte Arie aus der Oper "Turandot" von Giacomo Puccini - "Nessun Dorma"[27].

"DER UNBEKANNTE PRINZ
Keiner schlafe! Keiner schlafe...

---

[27] [VM 10.]

Auch du, Prinzessin,
in deinen kalten Räumen,
blickst schlaflos nach den Sternen,
die flimmernd von Lieb'
und Hoffnung träumen!
Doch mein Geheimnis wahrt mein Mund,
den Namen tu' ich keinem kund!

Nein, nur auf deinen Lippen sag' ich ihn,
sobald die Sonne aufgeht!
Der Kuss allein soll dieses Schweigen lösen,
durch den du mein wirst!

FRAUENSTIMMEN
Wenn niemand seinen Namen weiß,
dann müssen wir den Tod erleiden!

DER UNBEKANNTE PRINZ
Die Nacht entweiche!
Der letzte Stern erbleiche!
Damit der Tag ersteh' und,
mit dem Tag, mein Sieg! "[28]

---

[28] [VLW 6.]

Trotz der knappen Beleuchtung sah Annegrets Körper sehr schön aus, wie auf einem Schwarzweißfoto. Ihre blau lackierten Nägel sahen sehr dunkel aus. Annegret hatte vom Fenster aus einem Blick auf den Garten. Vom Bett aus konnte Wilhelm nur die Konturen der Frau sehen. Sie bewegte sich im Raum, als wäre sie unruhig.

Annegret ging wieder ins Bett und saß mit gekreuzten Beinen ganz in der Nähe von Wilhelm. Die Arie endete und die Frau bat darum, die Musik auszuschalten. Wilhelm spürte, dass Annegret über etwas reden wollte.

- Wilhelm, wir leben seit mehreren Monaten zusammen. Ich bin sehr glücklich und ich kann sehen, wie sehr du mich brauchst und liebst. Ich liebe dich auch und unser gemeinsames Leben entwickelt sich wunderbar. Ich bin besonders dankbar, dass du meinen Körper akzeptierst und ich bin sehr stolz darauf, dass meine Sexualität und Weiblichkeit für dich eine neue Bedeutung bekommen haben. Aber du weißt, ich bin eine Frau und habe mich einer größeren Operation unterzogen. Aber nach fast sechs Monaten sind meine Kontrollergebnisse normal. Die Operationswunden an meiner Brust heilten ohne Reizung.

Ich möchte deine Meinung dazu wissen, ob ich mich einer Brustrekonstruktion unterziehen sollte.

Wilhelm fühlte sich von ihrer Bitte ein wenig überwältigt. Er nahm einen Schluck Wasser und sagte:

- Annegret, ich verstehe deinen Wunsch. Du bist eine junge, schöne Frau und es ist klar, dass Brüste für Frauen sehr wichtig sind. Die Silikoneinsätze im Büstenhalter als Ersatzteile gleichen den visuellen Effekt auf die Kleidung aus. Aber ich verstehe, wie unangenehm du dich wie eine Frau ohne Büste fühlst.

Annegret hörte ihm mit großer Aufmerksamkeit zu und nahm von Zeit zu Zeit einen Schluck Wasser. Wilhelm fuhr fort.

- Weißt du, ich bin Maschinenbauingenieur, kein Arzt, und ich kann mich nur als Laie, als Mann, der dich liebt, beraten.

Ich denke, der erste Punkt ist, dass du oder wir das Ziel gemeinsam definieren müssen. Als Konstrukteur, Visionär, kann ich mir vorstellen, dass du möchtest, dass deine vordere Brustwand ihre typische weibliche Form wiedererlangt. Ich weiß nicht, wie deine Brüste ausgesehen haben, weil du noch nie oben ohne Fotos gemacht hast. Aber für deinen Körper und deine Statik wäre eine Größe zwischen B und C wahrscheinlich optimal. Nach der Form deiner zukünftigen Brüste zu urteilen, dachte ich, es wäre schön, wenn sie im Seitenteil birnenförmig wären und die Brustwarzen an den Enden der Ausstülpungen platziert würden. Ich muss zugeben, dass ich bereits im Internet nach möglichen plastischen Operationen gesucht habe. Zusätzlich zu herkömmlichen Silikonimplantaten könnten Rekonstruktionen auch unter Verwendung der Rücken- oder Bauchmuskulatur durchgeführt werden. Du müsstest aber auch berücksichtigen, dass es sich nicht um eine einfache ästhetische Korrektur handelt, sondern um ein rekonstruktives Verfahren. Frühere chirurgische Eingriffe und die Blutversorgung des Bereichs sollten ebenfalls berücksichtigt werden.

Du darfst nicht vergessen, dass du aktiv Golf spielst. Wenn du deine Rücken- oder Bauchmuskulatur übermäßig manipulierst, verlierst du deinen Golfschwung.

Eine andere Tatsache ist, dass du, meine Geliebe, eine bilaterale Operation benötigst. Aus diesem Grund dachte ich als Laie, dass es für dich minimal invasiv besser wäre, Silikonprothesen zu implantieren. Aber du müsstest dich an spezialisierte Kliniken wenden. Aus meiner Sicht werde ich deine Entscheidung geistig und finanziell unterstützen.

Annegret war sehr dankbar und ging zurück unter die Decke. Die Wärme von Wilhelms Körper brachte ihr einen tiefen Schlaf. Wilhelm stand auf und zog seinen Pyjama an. Er nahm ein Bose Bluetooth-

Headset und hörte das von Joan Baez interpretierte Lied "Forever Young"[29].

Wilhelm ging leise zum Fenster. Als er den Vollmond betrachtete, fragte er sich, warum Gott das Leben einer kranken Frau und eines kranken Mannes zusammenbrachte.

Nach ein paar Minuten ging er wieder ins Bett. Liebevoll faltete er Annegrets Beine und schlief ein.

Am nächsten Morgen machte Wilhelm wie üblich am Sonntag um 9:00 Uhr Frühstück. Er schaltete sein iPhone ein und spielte das beliebte französische Lied von Joe Dassin "Et si tu n'existais pas"[30] aus seiner Multimedia-Bibliothek.

Er trug ein hellblaues Hemd und eine königsblaue Hose. In diesem Moment betrat Annegret die Küche. Heute trägt sie eine gelbe Bluse und einen roten Rock. Sie mag auch dieses Lied. Sie küsste Wilhelm und setzte sich an den Tisch.

Zum Frühstück bereitete Wilhelm einen griechischen Salat mit Öl, leicht gekochten Eiern und

---

[29] [VM 3.]

[30] [VM 6.]

frisch erwärmten Brötchen zu. Zum Frühstück trinken beide gerne schwarzen Tee mit Süßstoff und Zitrone.

Annegret sah sehr glücklich und schön aus, aber sie begann mit einer sentimentalen Rede.

- Wilhelm, weißt du was mich aus der Vergangenheit verletzt? Als schöne junge Frau durfte ich mich nicht oben ohne bräunen, es war mir auch verboten, meine Nägel zu polieren und kurze Röcke zu tragen.

Wilhelm sah ihr in die Augen und sagte sanft.

- Annegret, lass die Vergangenheit. Kannst du nicht sehen, wie deine Krankheit, deine schwere, unheilbare Krankheit dein Leben positiv verändert hat?

Dies ist, was Muslime und viele andere Menschen denken, dass

"nach einer Zeit der Erschwernis der Trost kommt. Wir müssen die schlechten Zeiten erdulden und darauf vertrauen, dass wieder bessere Tage folgen werden."[31]

Nach der Operation hast du angefangen, Golf zu spielen. Sport steigerte deine körperliche Leistungsfähigkeit und veränderte deine Mentalität. Du hast deine Ehe beendet, in der du dich unglücklich und

---

[31] [VLW 13.]

unwohl gefühlt hast. Bei der Arbeit wurden deine Erfahrungen und dein Engagement gewürdigt und du wurdest befördert. Immerhin hast du einen komfortablen, modernen, umweltfreundlichen und „sexy" Volkswagen gekauft.

"Jeder muss darum bemüht sein, auch in schlimmen Lagen das Positive zu suchen. Am meisten selbst in der Erschwernis gibt es Trost."[32]

- Aber das Beste ist, dass ich dich getroffen habe. Und zwischen uns entwickelten sich Zuneigung und Liebe, fügte Annegret hinzu.

- Schatz, ich bin so froh, dass du meine männlichen Funktionen zurückgebracht hast. Ich dachte, eine solche Operation würde mich nur zu einem Dummy machen. Und jetzt können wir uns sexuell befriedigen.

---

[32] [VLW 13.]

XI.

Ende Dezember nach Weihnachten buchten Jaqueline und Waldemar auf Booking.com eine kurze Reise nach Paris. Der Aufenthalt war bis zum 03.01 des neuen Jahres geplant.

Es war der erste gemeinsame Silvesterabend für Annegret und Wilhelm. Sie wollten diesen Tag gemeinsam zu Hause feiern.

Annegret trug ein dunkelblaues LeGer-Maxikleid Gloria von Lena Gercke mit dünnen Trägern und silbernen High-Heel-Sandalen von Buffalo. Auch Wilhelm in weißem Hemd und schwarzer Hose sah elegant aus. Sie wollten nicht fernsehen. Sie hörten gute Musik.

Kurz vor Mitternacht riefen Jaqueline und Waldemar aus Paris an. Sie sahen während des Videoanrufs sehr glücklich und fröhlich aus. Viele Menschen feierten in den Straßen von Paris. Die Häuser und der Eiffelturm waren schön beleuchtet.

Überall im Oberbergischen Kreis lag Schnee und der Boden war weiß und sauber. Die Häuser und Straßen waren auch wunderschön mit bunten Lichterketten beleuchtet.

Um Mitternacht tranken sie einen Toast mit Mineralwasser. Sie waren beide sehr glücklich. Zusammen mit dem neuen Jahr hofften sie auch, ihre Träume wahr werden zu lassen. Annegret bat Wilhelm, Musik aus seiner Medienbibliothek abzuspielen. Das erste Lied sang Natalia Avelon mit Bela B. "Dark Desires"[33].

Wilhelm schob zusammen mit Annegret den Wohnzimmertisch zur Seite, damit genügend Platz zum Tanzen war. Beide tanzen gerne und haben es sehr gut gemacht. Dann wurde Shania Twains altes Lied "From This Moment On"[34] gespielt.

Die langsame Musik und der sentimentale Text schufen eine sinnliche Atmosphäre. Make-up betonte Annegrets Augen und Lippen. Sie küssten sich und tanzten zur Musik.

Nach diesem Stück sagte Annegret provokativ:

- Moment mal, ich habe eine Überraschung für dich.

Wilhelm war sehr neugierig, nahm ein Glas Sodawasser und setzte sich auf die Couch.

---

[33] [VM 2.]

[34] [VM 12.]

Sie kehrte nach 15 Minuten zurück. Sie trug einen durchsichtigen Kimono mit Schnüren und silbernen Sandaletten.

Annegret wurde vor einem Monat einer plastischen Operation und einer Brustrekonstruktion unterzogen. Die Frau war sehr zufrieden mit dem Ergebnis. Sie ging hinüber und setzte sich auf Wilhelms Schoß. Wilhelm war glücklich. Er wusste, dass Annegret die letzte Operation nicht nur für sich selbst, sondern auch für ihn durchgeführt hatte.

- Ich liebe dich. Du siehst sehr attraktiv aus, sagte er kurz.

Annegret küsste ihn und fragte:

- Kannst du die Musik wieder einschalten?

Annegret hatte ein sehr gutes Musiksystem im Wohnzimmer. Das System wurde über Bluetooth mit dem iPhone von Wilhelm verbunden.

Jetzt wurde Jane Birkin und Serge Gainsbourgs berühmter Hit "Je T'aime, ... Moi Non Plus"[35] gespielt.

Die Musik provozierte sie zum Vorspiel. Sie waren beide sehr aufgeregt und betraten das Schlafzimmer.

---

[35] [VM 5.] [VLW 18.]

Annegret hat heute ihre "neuen" Brüste mit einem transparenten Kimono hervorgehoben. Trotzdem wollte Wilhelm wie immer ihren ganzen Körper küssen und massieren. Zuerst massierte er ihre Füße, Fersen und Waden. Annegret liebte besonders die Art, wie er ihre Füße küsste und an ihren Zehen lutschte. Tatsächlich war Wilhelm der erste Mann in ihrem Leben, der ihren Körper von Kopf bis Fuß verehrte.

Sie massierte auch seinen Bauch und seine Beine sehr intensiv. Der Verkehr war so intensiv, dass sie sich sehr warm fühlten und sich weigerten, einen Pyjama zu tragen.

Musik hörend sind sie eingeschlafen.

XII.

Im März am ersten Wochenende des Frühlings heiratete Wilhelm Annegret. Der Tag war für beide sehr wichtig und glücklich, aber sie haben keine große Hochzeit veranstaltet. Sie waren beide in ihren früheren Beziehungen verheiratet und lebten nun mehrere Monate als Paar zusammen.

Der Frühling war am Anfang Aprils besonders schön. Feuchte Erde und Sonnenenergie erweckten die Natur. Annegret und Wilhelm besuchten einen nahe gelegenen IKEA-Laden. Sie wollten ein neues Gartenset als Hochzeitsgeschenk für sich bestellen. Aus der Design-Serie ÄPPLARÖ wählten sie einen großen Holztisch mit sechs Stühlen und vier Sonnenliegen sowie passenden Polsterelementen.

Annegret wollte die Sonne frei genießen und entschied sich für zwei Slättö-Sichtschutze. Die Bestellung wurde innerhalb einer Woche geliefert und das junge Paar stellte die Möbel zusammen.

Beim Rasenmähen bemerkte Wilhelm, dass sich auf dem Boden alter Filz gebildet hatte. Er hatte vor, einen Gras-Vertikutierer zu kaufen, um den Rasen aufzufrischen. Wilhelm bestellte bei Amazon auch einen hochwertigen Gartengasgrill.

Auch für das nächste Wochenende wurde schönes sonniges Wetter erwartet. Sie wollten am Samstagmorgen einkaufen und nachmittags die Sonne im Garten genießen. Am Sonntag wollten sie Golf spielen und im Golfrestaurant speisen.

Am Samstag nach dem Einkauf war der Tag so warm, dass beide nur eine leichte vegetarische Gemüsesuppe aßen. Dann kam Annegret zu ihrer eingezäunten Solarzone im Garten und wollte zum ersten Mal in ihrem Leben die Sonne völlig nackt genießen. Sie schützte ihre Haut mit der hochwertigen Nivea Schutzcreme. Am ersten Tag wollte sie sich nur kurz bräunen und sehen, wie ihre Brusthaut nach einer rekonstruktiven Operation reagierte.

Annegret wechselte innerhalb einer Stunde mehrmals die Position. Dann zog sie sich wieder an und betrat das Haus.

Wilhelm saß im Schatten, hörte Musik über Kopfhörer und las Fachliteratur.

Annegret brachte zwei Cappuccinos und zwei Gläser kühlen Orangensaft auf das Tablett. Die Frau setzte sich an den Tisch und sagte:

- Wilhelm, ich möchte mit dir reden.

Wilhelm schaltete die Musik aus und legte das Buch weg.

- Ja bitte?

- Wir sind jetzt ein echtes Ehepaar. Ich bin deine Frau. Ich bin sehr zufrieden mit dir und ich schätze es, dass du dich um mich kümmerst. Wir lieben uns sehr.

Annegret wollte Wilhelm nicht mit ihrer Vergangenheit belasten. Aus diesem Grund wollte sie sich nicht beschweren, dass ihr erster Ehemann kein Baby wollte, weil er befürchtete, dass ihre Vagina nach der Geburt nicht eng genug sein würde.

- Wilhelm, ich wollte schon immer Kinder haben. Aber es ist mir so passiert, wie es passiert ist. Wir sind beide noch jung. Aber ich habe eine bösartige Krankheit, auch dein Herz wurde operiert. Ich bin mir nicht sicher, ob es gut wäre, ein Baby zu planen.

Wilhelm hatte erwartet, dass dieses Thema irgendwann auftauchen würde. Er nahm einen Schluck Kaffee und sagte:

- Annegret, ich verstehe deine Bedenken und deine Situation. Ich habe bereits eine fast erwachsene Tochter und du hast kein Kind. Es wäre auch schön, wenn unsere Ehe Früchte tragen könnte, die uns beide noch mehr vereinen würden. Aber wir müssen realistisch sein. Bald werden wir beide 40 Jahre alt. Wie du sagtest, ist keiner von uns völlig gesund und unsere Lebenserwartung ist sehr fraglich.

Die Frage ist: Möchtest du ein Baby haben? Oder möchtest du schwanger sein und selbst ein Kind zur Welt bringen?

- Ich befürchte, dass die Schwangerschaft meinen Körper belastet und sich der Krebs erneut entwickeln könnte, sagte Annegret. Jede Chemotherapie kann für ein Kind tödlich sein. Wir wollen beide ein langes Leben führen, aber wir müssen auch eine andere Perspektive berücksichtigen. Ich möchte auch nicht, dass unser Kind zu früh verwaist wird.

Der Abend war schon kühl und beide wollten zum Abendessen nach Hause gehen.

XIII.

Die nächsten Tage waren auch angenehm. Von Zeit zu Zeit gab es einen Frühlingssturm, aber dann war es wieder schöner Sonnenschein. Annegret genoss ihren neuen Garten und nutzte die Sonne in ihrer Sonnenbadecke aus. Ihre Haut nahm langsam eine schöne braune Farbe an.

Anfang der Woche gab Wilhelm bekannt, dass er am Donnerstag später von der Arbeit nach Hause zurückkehren werde. Es wird ein Teammeeting geben und ein großes neues Projekt wird diskutiert.

Annegret kam wie immer nach der Arbeit und bereitete das Essen zu. Diesmal gebratenes Rindersteak und Kartoffeln.

Sie hatte keinen Hunger und wollte bis zum Abend warten, bis Wilhelm nach Hause kam. Sie ging ins Badezimmer und rasierte ihren Körper vollständig. Nur im Schambereich hinterließ sie einen kleinen Streifen mit kurzen Haaren. Ihre Zehennägel waren mit schwarzem Lack und ihre Fingernägel mit grauem Lack bemalt. Dann zog sie einen schwarzen Tanga, einen schwarzen Emma Rock von About You und eine weiße Silva Bluse an. Für diese offenen schwarzen Garbor Schuhe.

Sie nahm ihren tolino eReader und setzte sich in ihren Lieblingsstuhl Stressless Consul. Sie mag englische Sprache und hat gerade William Shakespeares Drama „Macbeth" auf Englisch gelesen. Am Ende des ersten Aktes in Szene sieben sprach Macbeth die Worte:

> *"False face must hide what the false heart doth know."*[36]

Annegret machte eine Pause und dachte nach. Sie konnte Macbeth und die Beweggründe seiner Frau nicht verstehen. Beide hatten einen guten Ruf am königlichen Hof und wurden vom König und vom Adel geschätzt. Ihre Ehe schien auch glücklich zu sein.

Was erwartest du mehr? Schlechte Übermotivation, unwiderstehlicher Wunsch nach immer mehr Macht? Fragte sich die Leserin.

Macbeths schlechte Gedanken wurden von den Hexen und seiner Frau verursacht.

Annegret konnte nicht verstehen, was seine Frau noch erreichen konnte. Was hätte ihr den Mord an dem

---

[36] Falsches Gesicht muss verbergen, was das falsche Herz weiß. [VLW 23.]

König bringen können? Besseres Essen, besserer Sex, mehr Glamour? Es schien trivial und dumm.

Macbeth hatte auch Zweifel. Er schwor seinem König Treue. König Duncan besuchte ihn als Gast! Er wollte wahrscheinlich zeigen, dass er ein echter Ritter und mutig genug war, den König zu töten.

Leider hatte der Mord weitere Konsequenzen. Beide wollten die Wachen belasten und hatten keine Gnade, sie sofort zu töten.

Annegret war überrascht, las aber weiter. Der Mord hatte nur ein unbeabsichtigtes Ergebnis. Die Krone und der Thron brachten beiden nur eine große Last.

Im dritten Akt der zweiten Szene sagte Lady Macbeth:

"Nought's had, all'spent,

Where our desire is got without content:

'Tis safer to be that which we destroy

Than by destruction dwell in doubtful joy."[37]

---

[37] Alles ist eine Miss für nichts,

wenn wir vor dem Effekt zittern, den wir hatten.

In diesem Moment kam Wilhelm. Er begrüßte sie und merkte, dass Annegret seltsam aussah.

- Was ist passiert? Siehst du aus, als hättest du einen Mörder gesehen? Fragte er überrascht.

- Es ist okay, nichts ist passiert, ich habe Shakespeares „Macbeth" gelesen.

- Gut. Wenn ich an Lady Macbeth denke, bin ich froh, dass sie nicht meine ist.

Annegret schaltete den tolino aus und bereitete das Abendessen vor.

Wilhelm ging ins Badezimmer und wollte sich die Hände waschen.

Lieber sterben als es tun

Freude ist zweifelhaft an des Tates der Zerstörung.

[VLW 23.]

XIV.

Mitte Mai war das Wetter schön, aber immer noch sehr wechselhaft. Am Samstagmorgen wollten Annegret und Wilhelm nach dem Frühstück 18-Loch-Golf spielen. Annegret trug eine rote Röhnisch Comfort Caprihose und eine weiße Midlayer Tech Jacke mit längeren Ärmeln aus dem Hause Cross. Nach einem kurzen Aufwärmen auf der *Driving Range* um 10:30 Uhr standen beide auf dem ersten *Tee*. Das Spiel war sehr flüssig und hat Spaß gemacht. Schöne Sonne kam auch am Mittag heraus. Sie waren bereits in der Mitte der siebten Spielbahn. Annegret spielte sehr flüssig und ihr Ball landete auf *Green*.

Dann sollte Wilhelm spielen. Er nahm seinen lieblings *Fairway-Holz*[38] und konzentrierte sich. Wilhelm schwang sich, spürte aber plötzlich starke Schmerzen in seiner Brust hinter dem Brustbein. Der Schmerz war so schlimm, dass er nicht leicht atmen konnte. Er setzte sich und legte sich dann ins Gras.

Annegret erkannte, was passiert war und rannte auf ihn zu und schrie um Hilfe. Andere Spieler spielten zur

---

[38] Ein Schläger mit einem relativ großen Kopf, früher aus Holz. Daher ist der traditionelle Name *Holz* oder *Woody* auf Englisch.

gleichen Zeit auf einem anderen Teil des Geländes. Sie hörten Annegrets Schreie. Der fast 60-jährige Mann nahm eine kleine Handtasche aus seiner Golftasche und rannte schnell zu Wilhelm.

- Was ist passiert? Hast Du Schmerzen? Kannst du atmen fragte er besorgt.

Annegret erklärte, dass sich Wilhelm vor anderthalb Jahren wegen einer ischämischen Herzerkrankung eine Bypass-Operationen unterzogen habe. Der Mann vermutete, dass der Spieler einen weiteren Herzinfarkt bekommen würde. Er nahm einen Stauschlauch und ein Desinfektionsmittel aus seiner Tasche und legte schnell einen venösen Zugang (Viggo) auf seinen Unterarm. Er nahm sein Handy und rief einen Rettungsdienst an. Er berichtete, dass ein Mann nach einer Herzoperation wahrscheinlich einen weiteren Herzinfarkt auf dem Golfplatz hatte. Der Patient muss sofort in eine Kardiologie Klinik gebracht werden. Er sagte auch, dass aufgrund des Fehlens eines Zugangs für einen Krankenwagen ein Hubschrauber geschickt werden müsse.

Dann wandte er sich an Wilhelm und Annegret.

- Ich bin Isaac. Ich bin Chirurg aus dem Kreiskrankenhaus.

Annegret stellte sich vor und sagte:

- Mein Name ist Annegret, mein Mann heißt Wilhelm.

- Bisher war alles in Ordnung. Er hatte keine Beschwerden und wurde regelmäßig kontrolliert. Wir spielen seit mehreren Monaten Golf und haben einen solchen Angriff nicht erwartet.

Zwei Minuten später rief der Chef der Notrufzentrale Isaac zurück. Er teilte mit, dass die ADAC-Luftrettungsstation in Siegen[39] informiert worden sei und der Hubschrauber "Christoph 25" bereits in der Luft sei.

Er sagte auch, dass die Klinik der Kardiologie des Krankenhauses bereits beteiligt ist und das Herzkatheterlabor bereits auf Wilhelm wartet. Annegret hatte Zweifel und sagte:

- Mein Mann wurde damals in Bonn operiert. Ich weiß, dass es in diesem Krankenhaus keine Herzchirurgie gibt.

- Ist schon gut, tröstete Isaac sie. In meinem Krankenhaus gibt es eine sehr gute Kardiologie. Zunächst sollte so bald wie möglich eine gründliche Herzdiagnose durchgeführt werden. Eine Intervention

---

[39] [VLW 3.]

kann das Problem möglicherweise ohne Operation beheben. Er erklärte, dass er den Chefarzt der kardiologischen Abteilung persönlich kenne.

In der Zwischenzeit hatte Annegret seine AOK-Versicherungskarte und die Unterlagen bereit. Wilhelm hatte immer eine Liste mit Medikamenten dabei und eine kurze Notiz über seine Diagnosen und Behandlungen. Er war trotz der Schmerzen ruhig. Glücklicherweise war seine Auflage stabil.

Nach wenigen Minuten landete der Hubschrauber. Das Notfallteam schloss ihm eine Infusion an, maß seinen Blutdruck und setzte eine Sauerstoffmaske auf. Ein tragbares Überwachungssystem war ebenfalls an seiner Brust angebracht. Die Elektrokardiographie zeigte eine akute Myokardischämie.

Isaac berichtete schnell, was bisher passiert war.

Der Notarzt hat bestätigt, dass der Patient ins Kreiskrankenhaus gebracht wird. Annegret gab ihm die Versicherungskarte und die Dokumente.

Annegret hatte Angst und Tränen in den Augen. Isaac beruhigte sie.

- Alles wird gut, Ihr Mann ist in guten Händen.

XV.

Der Transport verlief reibungslos und Wilhelm wurde innerhalb weniger Minuten in die Klinik eingeliefert. Der kardiologische Dienst hatte eine leitende Oberärztin Dr. med. Bettina. Der Notarzt übergab den Patienten schnell, der sofort stationär aufgenommen wurde.

Das Blut wurde sofort gemäß einem typischen Herzprofil entnommen. Die Kardiologin führte schnell ein Echokardiogramm durch. Die Untersuchung ergab eine signifikante Beeinträchtigung der Beweglichkeit der hinteren Herzwand. Aus diesem Grund landete Wilhelm in der Station des Herzkatheterlabors.

Die Koronarangiographie[40] zeigte, dass zwei der drei Bypass-Transplantate gut funktionierten, aber der Fluss in dem Ast, der die hintere Wand des Herzens versorgte, war signifikant verringert. Die Gefäßbildgebung zeigte eine signifikante neue Verengung der linken Umfangsarterie (LCX) peripher zur Bypassanastomose.

Dr. Bettina erweiterte sofort das verengte Gefäß (Ballondilatation), während sie gleichzeitig einen

---

[40] eine Röntgenuntersuchung der Herzkranzgefäße

Stent[41] implantierte. Die endgültige Koronarangiographie zeigte ein ausgezeichnetes Ergebnis. Der Fluss im Bypass und in den nativen Koronararterien war vollständig normalisiert. Die linksventrikuläre Darstellung zeigte auch eine deutliche Verbesserung der Mobilität. Das Verfahren wurde abgeschlossen und ein geeigneter Druckverband am rechten Handgelenk angelegt.

Wilhelm war ein Patient mit signifikant erhöhtem Risiko. Aus diesem Grund wurde er zur weiteren Beobachtung und Therapie auf die Intensivstation verlegt. Er wurde vom diensthabenden Anästhesisten, Oberarzt Dr. Hafez betreut.

---

[41] Vom Zugang durch die Arteria radialis im Handgelenkbereich wird nach örtlicher Betäubung ein spezieller Draht in das kranke Herzgefäß eingeführt, durch den ein Katheter mit einem Ballon und einem Stent unter die Kontrolle eines Röntgengeräts gestellt wird.

Ein Stent (deutsch Gefäßstütze) ist ein medizinisches Implantat zum Offenhalten von Gefäßen. Es handelt sich meist um eine Spiraldrahtprothese in Röhrchenform aus Metall oder Kunstfasern mit auxetischen oder mechanischen Eigenschaften zur Gefäßerweiterung. [VLI 22.]

Zu diesem Zeitpunkt kamen Annegret und Isaac in der Klinik an. Frau wollte mit Dr. Bettina sprechen und sich über den Zustand ihres Mannes informieren lassen.

Die Kardiologin sagte, die Prognose sei sehr gut, da die akute Myokardischämie vollständig abgeklungen sei. Ihr Mann wird 24 Stunden lang auf der Intensivstation beobachtet, danach wird er auf eine normale Station verlegt. Eine neue Herzechokardiographie wird durchgeführt und seine Laborergebnisse überprüft. Der Krankenhausaufenthalt dauert bis zu einer Woche. Danach ist eine ambulante Rehabilitation angezeigt.

Dr. Bettina informierte Annegret, dass die Klinik eine sehr bekannte ambulante kardiologische Rehabilitation durchführt.

Annegret hatte auch einen kurzen Besuch bei Wilhelm auf der Intensivstation. Sein Zustand besserte sich erheblich, der Schmerz ließ nach und Wilhelm konnte freisprechen. Er war so dankbar, dass es seinem Herzen wieder gut ging.

Annegret kehrte mit Isaac zum Golfplatz zurück. Unterwegs beruhigte sie sich und fragte.

- Haben Sie immer das Mini-CPR-Kit[42] dabei?

- Eigentlich ja. Isaac antwortete. Ich bin 62 Jahre alt, seit 35 Jahren Arzt und habe viel Erfahrung. Ich könnte mir nicht vergeben, wenn ich zum Beispiel heute Ihrem Mann nicht geholfen hätte und passiv auf Hilfe warten müsste. Aus diesem Grund habe ich immer einen venösen Zugang, einen Stauschlauch, ein Desinfektionsmittel und einen Beatmungsbeutel dabei. Zuallererst sind die ersten Minuten die wichtigsten. Sie entscheiden über den weiteren Kurs.

Sie tauschten Visitenkarten aus und Annegret war sehr dankbar.

Isaac sagte sanft:

- Bitte danke mir nicht, ich bin froh, dass alles gut gelaufen ist.

Annegret kam nach Hause und rief Jacqueline an. Sie informierte sie kurz, dass ihr Vater im Krankenhaus ist, aber die akute Situation wurde gelöst.

---

[42] CPR-Kit – Cardiopulmonary Resuscitation Kit, die Erste-Hilfe-Ausrüstung

XVI.

Am Sonntag wurde der Dienst in der Kardiologie von seinem Chefarzt Dr. Dirk und auf der Intensivstation als Oberärztin von Dr. Sandra übernommen.

Während des ärztlichen Besuchs wurde Wilhelms Zustand besprochen. Im Verlauf einer Herzintervention wurden einzelne Herzrhythmusstörungen beobachtet, die keine Komplikationen verursachten. Eine geeignete Therapie wurde verschrieben, und die Ärzte beschlossen, dass Wilhelm bis zur weiteren Beobachtung noch einen Tag auf der Intensivstation bleiben würde.

Mittags kamen Annegret und Jacqueline, um den Patienten zu besuchen. Die Oberärztin der diensthabenden Intensivstation, Dr. Sandra berichtete über Wilhelms Zustand und erklärte, warum er noch eine Nacht auf der Intensivstation bleiben sollte.

Annegret und Jacqueline waren sehr dankbar und akzeptierten diese Entscheidung vollkommen.

Alle am Wochenende diensthabenden Ärzte, der Chefarzt der Intensivstation, Dr. Frank, und die an diesem Tag für die Intensivstation verantwortliche Oberärztin Dr. Marisa, nahmen an der Visite am Montag teil.

Die Laborkontrolle zeigte eine Normalisierung der Werte und die elektrokardiographische Überwachung zeigte keine Arrhythmien[43] mehr. Wilhelm ging es auch gut und er konnte auf eine normale Station verlegt werden. Am Morgen hat die Kardiologin Dr. Bettina eine Echokardiographie durchgeführt. Die Untersuchung ergab eine normale Funktion des linken Ventrikels und eine insgesamt gute Beweglichkeit des Herzmuskels. Dr. Bettina und Wilhelm waren sehr zufrieden mit dem Ergebnis.

---

[43] Eine Arrhythmie ist der allgemeine Begriff für einen abnormalen Herzrhythmus.

XVII.

Am vierten Tag nach der Implantation des Stents durfte Wilhelm nach Hause entlassen werden. Annegret hatte zwei Wochen frei und wollte ihren Mann persönlich aus dem Krankenhaus abholen. Sie war sehr froh, dass ihr Mann wieder in guter Verfassung war.

Sie wollte heute besonders gut für ihn aussehen. Sie kümmerte sich um Gesicht, Hände und Füße. Ihre Nägel wurden in Island Hopping 41 mit Essie-Lack lackiert. Annegret bestellte einen dunkelgrünen Overall aus dem Hause Hallhuber und eine passende Grey Strippy Heel Snake von Zalando.

Sie brachte eine große Tüte Kuchen und alkoholfreie Getränke für Mitarbeiter der Kardiologie, des Herzkatheterlabors und der Intensivstation mit. Sie kam gegen 12:00 Uhr im Krankenhaus an. Annegret nahm ihre Tasche und ging zur Kardiologie Abteilung.

Wilhelm hat bereits einen Entlassungsbrief aus dem Krankenhaus und ein Rezept von seinem Stationsarzt erhalten. Ab nächster Woche soll er mit der ambulanten Rehabilitation beginnen.

Annegret sah sehr schön aus und Wilhelm war sehr stolz auf seine Frau. Annegret sprach kurz mit dem Chefarzt Dr. Dirk und war sehr dankbar für die Behandlung ihres Mannes. Sie überreichte auch eine

Tasche mit Kuchen und Getränken. Dann gingen beide zum Parkplatz. Sie nahmen zwei weitere Taschen und besuchten gemeinsam das Herzkatheterlabor und die Intensivstation.

Gegen 13:30 Uhr kehrten sie nach Hause zurück. Wilhelm nahm ein Glas Wasser und blickte mit Tränen in den Augen über seinen Garten. Er war sehr froh, dass er gesund nach Hause kam.

Annegret kehrte einige Minuten später zurück und trug nur eine schwarze Lascana-Robe. Wilhelm sah Annegret an und erinnerte sich an den Tag, an dem er Annegret zum ersten Mal besuchte.

Plötzlich fühlte er eine sehr intensive sexuelle Spannung.

Mit unsicherer Stimme fragte er:

- Annegret, du siehst wunderschön aus. Aber denkst du, es ist nicht zu früh?

Mit lächelnden Augen und fester Stimme sagte Annegret.

- Die Ärzte haben dich eine Rehabilitation empfohlen. Ich habe mich auch von unserem Arzt beraten lassen und einige Artikel im Internet gelesen.[44]

Insgesamt ist Sex gesund und erfordert nur eine geringe bis mäßige Belastung des Herz-Kreislauf-Systems. Wir hatten bisher ein sehr intensives und glückliches Sexleben. Ich glaube, wir sollten unsere Lebensqualität erhalten.

Als Wilhelm aus dem Badezimmer kam, war Annegret bereits nackt im Bett. Annegret hatte alles im Voraus vorbereitet. Sie zog ein dunkelblaues Laken über das Bett und legte ein kleines Kissen darüber.

Sie wusste, dass der erste Verkehr nach dem Krankenhausaufenthalt für Wilhelm etwas stressig sein würde.

- Kannst du die Musik einschalten? Fragte sie nackt liegend.

Annegret sah vor dem blauen Hintergrund sehr sexy aus. Wilhelm dachte über aufregende und gute Musik

---

[44] [VLW 21.]

nach. Er drehte das Klavierkonzert in a-Moll von Edvard Grieg[45] auf.

Annegret schlug vor, dass Wilhelm zuerst auf dem Bauch liegen sollte. Sie nahm eine PANETEN-Körperlotion und rieb sich seine Beine. Während der intensiven Massage entspannten sich seine Muskeln, aber seine Lustzentren waren stark gereizt. Zuerst sanft und dann mit zunehmendem Druck massierte Annegret seinen Rücken. Dann drehte sich Wilhelm auf den Rücken.

Das Orchester spielte sehr intensive Klänge.

Annegret bemerkte, dass Wilhelm nicht länger warten wollte. Annegret blieb oben und rieb sich die Brust. Wilhelm bemerkte, dass sein Herz schneller schlug und sein Blutdruck anstieg, aber er fühlte sich gut und war glücklich.

Wilhelm war sehr erfreut, dass seine Potenz trotz seiner Herzmedikamente gut war.

Nach dem Geschlechtsverkehr lag Annegret auf ihrer Seite und massierte sanft seinen Bauch.

---

[45] [VM 8.]

Nach dem Verkehr stabilisierten sich Wilhelms Herzfrequenz und Blutdruck schnell.

- Und wie gefällt dir meine Rehabilitation?

- Hervorragend! sagte er kurz.

- Ab morgen werden wir dich systematisch stärker belasten.

- Großartig, ich stimme zu, antwortete er mit einem Lachen.

XVIII.

Beim Abendessen fragte Wilhelm Annegret.

- Weißt du, wer der Mann ist, der mir auf dem Golfplatz so sehr geholfen hat?

- Er ist Chirurg im Kreiskrankenhaus, er heißt Isaac. Ich habe eine Visitenkarte von ihm bekommen.

- Wahrscheinlich Ende Juni, zu Beginn des Sommers, könnten wir ihn und seine Frau zum Grillen einladen. Ich möchte ihm danken. Mein Freund Torsten und seine Frau Dorothea würden ebenfalls kommen.

- Das ist eine gute Idee. Wir können ihn heute Abend anrufen. Sagte Annegret.

XIX.

Am dritten Samstag im Juni um 14.00 Uhr kamen die Gäste im Haus von Annegret und Wilhelm an. Isaacs Frau Estha ist sechs Jahre jünger als er. Beruflich arbeitet sie als Biologielehrerin.

Ein Kollege aus Wilhelms Büro Torsten kam mit seiner Frau Dorothea, die als Assistentin in der Praxis des Tierarztes arbeitet. Sie sind beide 33 Jahre alt.

Wilhelm bereitete koscheres Rindfleisch und rohes Gemüse zum Grillen zu. Annegret machte einen Kartoffelsalat. Isaac und Estha brachten ihre Spezialität - Apfelkuchen mit Zimt. Torsten und Dorothea kauften verschiedene Arten von Erfrischungsgetränken.

Zuerst wollten sich alle besser kennenlernen und saßen am großen Gartentisch und tranken Kaffee und alkoholfreie Getränke. Jeder stellte sich kurz vor. Torsten und Dorothea wollten auch Golf spielen. Isaac und Wilhelm hatten bereits gute Golferfahrungen und erzählten Torsten einige grundlegende Golfkenntnisse.

Das Wetter war schön und sonnig, aber nicht zu heiß. Die Frauen gingen für einen Moment hinein und wollten sich zum Sonnenbaden fertig machen.

Die Männer saßen immer noch am Tisch und sprachen über Golf, Sport und neue Trends in der Autoindustrie. Die Frauen genossen die Sonne in Ruhe.

Nach einer Stunde wandte sich Isaac dem Grill zu. Wir hatten ein gutes Rezept für gegrillte Rindersteaks. Torsten und Wilhelm brachten Kartoffelsalat und rohes Gemüse aus dem Kühlschrank. Wilhelm brachte auch eine Thermoskanne mit frischem Kaffee.

Nach 30 Minuten war das Essen fertig. Die Frauen fühlten sich in der sonnigen Zone des Gartens, in der sie bleiben und essen wollten, sehr wohl. Helene Fischers „Best of" Album[46] wurde leise über eine tragbare Stereoanlage gespielt.

Nach zweieinhalb Stunden kehrten die Frauen nach Hause zurück und zogen sich normale Kleidung an. Es war ein schöner Nachmittag. Sie alle wollten sich in Zukunft wiedersehen und wenn möglich zusammen Golf spielen.

---

[46] [VM 7.]

XX.

Nach einem schönen Sommer war das Wetter im September sehr unangenehm, feuchte, kalte Nächte, neblige Morgen, nur kurze sonnige Zeitfenster während des Tages.

Eines Abends rief Isaac an und fragte, ob er sie mit Estha besuchen könne. Er wollte eine wichtige Angelegenheit besprechen. Wilhelm besprach dies kurz mit Annegret und sagte ihm, dass Freitag ab 18 Uhr kein Problem sein würde.

Sie kamen pünktlich. Annegret hat bereits heißen Tee und Kuchen zubereitet. Estha sagte, dass ihre Kollegin Egele, die ebenfalls Jüdin ist, ein großes Problem hat. Sie ist eine alleinstehende Frau und lebt mit ihrer 12-jährigen Tochter Odeya zusammen. Ihr Vater hat keinen Kontakt zur Familie und wird offiziell als unbekannt anerkannt.

Bei der Mutter wurde gerade eine akute Leukämie diagnostiziert. Zunächst geht es darum, das Mädchen während der Muttertherapie zu pflegen. Die Frau hat jedoch eine sehr schlechte Lebenseinstellung und bald wird das Kind wahrscheinlich adoptiert oder in ein Waisenhaus gehen.

- Ihr seid frisch verheiratet, aber fast 40 Jahre alt. Wilhelm hat bereits eine fast erwachsene Tochter. Wir wollten fragen, ob ihr bereit wäret, das Mädchen nach Hause zu bringen und sich während der Therapie ihrer Mutter um sie zu kümmern.

Annegret und Wilhelm waren anfangs sehr überrascht und sprachlos. Nach ein paar Sekunden fragte Annegret:

- Hast du Bilder von dem Mädchen? Weißt du, welche Schule sie besucht und welche Interessen sie hat?

Estha nahm ihren Surface Go aus ihrer Tasche und zeigte einige Fotos. Sie waren beide sehr begeistert von den Fotos. Isaac sagte, dass das Mädchen Musik sehr mag.

- Wann geht ihre Mutter zur Behandlung? Wilhelm fragte.

- Die Aufnahme ins Krankenhaus sollte Mitte nächster Woche erfolgen. Wir wurden sehr spät über diese Situation informiert. Sagte Ester.

- Wir müssen über dieses Problem nachdenken. Dies ist eine sehr unerwartete Situation. Wir haben beide ein leichtes Verständnis der jüdischen Kultur, Küche und Religion. Wir werden euch bezüglich des Kindes kontaktieren. Sagte Annegret.

XXI.

Abends konnte Annegret nicht schlafen. Sie dachte an die kranke Egele und ihre Tochter Odeya. Sie erinnerte sich an die Krankheit ihres Mannes. Sie wusste genau, wie wichtig Hilfe gerade ist. Sie hatte vor, für Egele und Odeya, einen Termin mit ihnen zu vereinbaren. Sie dachte, der Sonntagnachmittag wäre eine gute Zeit. Sie wusste auch, dass Egele und Odeya sich besser in ihrem Haus treffen würden. Jeder fühlt sich zu Hause mutiger und sicherer.

Sie wollte die Situation morgen mit Wilhelm besprechen. Isaac arrangierte alles gut und am Sonntag um 17 Uhr trafen Annegret und Wilhelm Egele und Odeya in ihrem Haus.

Die Mutter sah krank aus, wollte aber den bestmöglichen Eindruck hinterlassen. Ihre Tochter war etwas besorgt und angespannt. Sie erkannte, dass die Situation sehr angespannt war.

Annegret und Wilhelm brachten einen Teller mit Käsekuchen und Apfelkuchen. Bei Kaffee und alkoholfreien Getränken entspannte sich die Atmosphäre etwas. Beide wollten etwas mehr über Odeya wissen und fragten das Mädchen:

- Wie machst du dich in der Schule? Was interessiert dich?

- Sehr gut, danke. Ich habe keine Probleme. Ich interessiere mich für Musik. Ich mag die Geige und möchte in Zukunft eine sehr gute Geigerin sein.

- Gehst du zur Musikschule oder hast du einen Privatlehrer? Fragte Wilhelm.

- Ich gehe auch auf eine Musikschule. Aber mein Problem ist, dass ich nicht die richtige Geige habe. Master-Instrumente stehen uns nicht zur Verfügung.

- Welche Art von Musik spielst du gerne?

- Ich mag alle gute Musik. Meistens übe ich Stücke von Meistern der klassischen Musik wie Mozart, Vivaldi, Wieniawski, aber mein Instrument hat nur sehr begrenzte Möglichkeiten.

Egele wollte, dass Odeya für einen Moment den Raum verlässt und sie in die Küche schickt. Sie sollte frische Getränke mitbringen. Bei dieser Gelegenheit fragte sie Annegret und Wilhelm.

- Tut mir leid zu fragen, aber ich wollte es wissen. Ihr seid jung und Isaac hat mir erzählt, dass ihr kürzlich geheiratet habt. Interessiert euch nicht für eigene Kinder?

Wilhelm wollte etwas sagen, aber Annegret war schneller.

- Danke für die Nachfrage. Natürlich würden wir gerne eigenes Kind haben, aber bei uns ist das nicht so einfach. Ich bin auch sehr krank Ich hatte beidseitig eine Brustoperation und Wilhelm hatte auch eine Herzoperation erlitten. Er hat auch eine fast erwachsene Tochter. Ein Kind in unserem Fall zu haben, wäre sehr riskant. Aus diesem Grund haben wir beschlossen, uns auf Jaqueline, Wilhelms Tochter, zu konzentrieren und uns in Zukunft um die Enkelkinder zu kümmern. Wir haben derzeit genug Platz und Geld, um uns um deine Tochter zu kümmern.

Egele hatte Tränen in den Augen und sagte:

- Das ist sehr nett von euch. Ich kann mir nicht vorstellen, dass meine Tochter alleine wäre. Ihre Musikkarriere wird wahrscheinlich aufhören, wenn sie in einem Waisenhaus landet.

- Sei nicht so negativ. Wir alle hoffen und beten, dass du gesund nach Hause kommst. Wilhelm sagte:

- Du weißt, dass wir beide krank sind und unterschiedliche Situationen berücksichtigen müssen.

Odeya kam zurück und brachte frischen Apfelsaft mit Minze. Wilhelm wandte sich an das Mädchen.

- Odeya weißt du, dass deine Mutter am Mittwoch ins Krankenhaus muss. Der Aufenthalt wird wahrscheinlich mehrere Tage dauern. Du bist zu jung, um so lange allein zu Hause zu sein. Wir planen, dass du am Dienstag nach der Schule zu uns nach Hause kommst. Packe bitte deine Schulmaterial und Kleidung ein. Wir werden am Dienstag um 20:00 Uhr ankommen und dann kommst du zu uns. Wäre das gut für dich?

Odeya wusste, dass sie keine große Auswahl hatte und wandte sich an ihre Mutter.

- Bitte versprich mir, dass alles gut wird und du gesund zurück nach Hause kommst. Ich bin noch sehr jung Ich möchte im Alter von 12 Jahren kein Waisekind sein.

Alle verabschiedeten sich in einer guten und freundlichen Atmosphäre, und Annegret ging mit Wilhelm nach Hause. Sie fragten sich nicht mehr, ob sie Odeya helfen sollten oder nicht, aber wie geht das am besten.

Wilhelm sagte, er werde sich am Montag an das Jugendamt wenden. Er wollte wissen, wie diese Situation gesetzlich geregelt ist. Wie läuft das Verfahren ab, wenn sie im schlimmsten Fall eine Pflegefamilie für Odeya sein und möglicherweise eine vollständige Adoption beantragen müssen?

Auch Annegret hat sich intensiv mit dieser Situation befasst. Zuhause sagte sie.

- Meine Kollegin Edeltraut aus einer anderen Abteilung ist 32 Jahre alt und als Lesbe seit zwei Jahren mit Helene verheiratet. Ihre Frau ist 31 Jahre alt. Sie ist eine sehr gute Orchesterviolinistin. Ich könnte sie fragen, ob sie die Zeit und die Bereitschaft hätten, zusammen zu uns nach Hause zu kommen. Helene könnte Odeyas musikalisches Talent kennenlernen. Sie kann uns auch beraten, welches gute Instrument für ein Kind zu kaufen ist.

- Es ist eine sehr gute Idee. Wir können Odeyas Traum wahr werden lassen, indem das Mädchen sich auf Musik konzentriert. Sie wird sich schneller mental entspannen und diese Tragödie leichter erleben können.

XXII.

Odeya wurde am Dienstagabend von Annegret und Wilhelm abgeholt. Ihre Mutter war sehr glücklich und mit großer Hoffnung wollte sie am nächsten Tag ins Krankenhaus gehen. Neue Betreuer bereiteten ein Zimmer für das Mädchen vor, jedoch ohne größere Änderungen. Sie wollten, dass Odeya die Möbel und andere Details im Raum selbst arrangierte. Ihre Schule befand sich in der Nähe von Annegrets Haus und hatte eine sehr gute direkte Busverbindung.

Odeya war sehr dankbar und mutig. Sie wusste, dass ihre Mutter eine Ruhe brauchte und wollte deshalb keine Probleme verursachen.

Nach zehn Tagen kamen am Wochenende das Ehepaar Edeltraut und Helene zu Besuch. Sie waren beide so gute und nette Frauen, dass von Anfang an eine freundliche Atmosphäre herrschte. Die Ehepartnerinnen planten, ein Kind zu adoptieren oder sich für eine künstliche Befruchtung zu entscheiden. Sie sahen beide sehr attraktiv und weiblich aus.

Edeltraut trug eine olivgrüne Bluse mit tiefem V-Ausschnitt, Leggings und Pumps. Ihre Nägel waren perlweiß. Helene wollte Odeya heute einige Geigenübungen zeigen. Sie spielte immer ein Instrument mit offenem Oberteil und ärmellosem

Kleid. Heute trägt sie ein Cocktailkleid mit schmalen Trägern in Schwarz und High-Heel-Sandalen in Silbermetallfarbe. Ihre Nägel waren mit dunkelblauem Lack bemalt.

Nach einer kurzen Einführung ging Helene in Odeyas Zimmer und wollte herausfinden, wie gut das Mädchen spielte. Sie bemerkte schnell, dass ihr Instrument von sehr schlechter Qualität war und dass das weitere Üben mit einer solchen Geige in der Tat sehr gefährlich sein würde. Sie hatte ihre eigene Geige dabei und machte Odeya kurz mit ihren Fähigkeiten bekannt.

Das Mädchen war begeistert von Helenes Wissen und den technischen Fähigkeiten ihres Instruments. Helene fragte Odeya auch, was ihre Ziele im Leben seien. Will sie professionell oder nur für den privaten Gebrauch Geige spielen? Odeya hatte sehr ernsthafte Pläne. Nach dem Gymnasium plante sie, Musik richtig zu studieren und eine professionelle Geigerin zu werden.

Zur gleichen Zeit sprachen Annegret und Wilhelm mit Edeltraud. Nach ungefähr einer Stunde kehrte Odeya mit ihrer Mentorin zurück. Helene berichtete kurz, dass das Mädchen sehr gute Chancen hat, eine hervorragende Musikerin zu sein, aber sie muss viel üben und ihr Instrument ist nicht für die weitere Arbeit geeignet.

- Wo kann man ein gutes Instrument kaufen? Wie viel kostet es? Fragte Wilhelm.

Helene bereitete sich auf dieses Gespräch vor und zeigte ihm auf ihrem iPad mehrere Websites, auf denen Geigengeschäfte professionelle Instrumente anbieten. Der Kauf einer guten Geige kostet rund 5.000 Euro.

Annegret fragte, ob Helene bereit wäre, mit Odeya als private Musiklehrerin auszubilden. Helene sagte, es sei nicht einfach für sie, weil sie in Köln arbeitet und jeden Tag über sechzig Kilometer zurücklegt. Das Orchester gibt auch nachmittags und abends Konzerte, sehr oft im Ausland. Sie wusste jedoch, dass sich das Mädchen in einem sehr ernsten Notfall befand und wollte, wenn möglich, helfen.

Sie gab an, dass sie montags oft einen Tag frei hatte und in dieser Zeit für zwei bis drei Stunden nach Odeya kommen könne. Aber es sollte nicht länger als sechs Monate dauern. Sie kann ihr helfen, loszulegen und ihre musikalische Ausbildung auf den richtigen Weg zu führen. Die Musikschule und möglicherweise andere Lehrer müssen sich weiterhin um das Kind kümmern. Odeya und ihr Betreuer waren sehr glücklich und dankbar.

XXIII.

Der Zustand der Mutter verschlechterte sich erheblich und jeder wusste, dass die Behandlung keine gute Prognose haben würde. Trotzdem trösteten Annegret, Wilhelm und Odeya die Frau immer und gaben ihr viel Hoffnung.

Odeya machte es sich in Annegrets Haus gemütlich. Die Ersatzeltern besorgten eine gute Meistergeige für sie. Auf Helenes Rat hin übte Odeya immer das Tragen angemessener Kleidung mit freiem Oberkörper und freien Schultern sowie Schuhen mit leichtem Absatz.

Ihre musikalische Ausbildung hat sich hervorragend entwickelt. Dank Musik konnte Odeya sich nicht nur auf die Krankheit ihrer Mutter konzentrieren. Sie setzte ihre Ausbildung an dem Gymnasium und der Musikschule ohne Probleme fort.

Helene hatte fast jeden Montag Zeit, mit ihr zu üben. Odeya konnte auch langsam längere und komplexere Musikstücke spielen.

XXIV.

Egele starb Ende Januar 2020. Die Tage waren sehr frostig und die Beerdigung war sehr traurig. Am Abend umarmte Annegret Odeya.

Ein Bericht aus Oświęcim in Polen erschien in den Nachrichten im Fernsehen. Am 27. Januar 1945 wurde das deutsche Konzentrations- und Vernichtungslager von der Roten Armee befreit.

Die Rede des ehemaligen Gefangenen - Marian Turski[47] - machte einen großen Eindruck.

Der Mann sagte, dass er am Tag seiner Befreiung durch die sowjetische Armee nur 32 Kilogramm wog und dachte, er würde bald sterben. Aber er betonte:

*„Aber ich bin einer derjenigen,
die immer noch am Leben sind."*[48]

Herr Turski sagte dann:

---

[47] [VLW 9.]
[48] [VLW 16.]

> *"Auschwitz ist nicht vom Himmel gefallen."*[49]

Und danach:

> *"Sei nicht gleichgültig, habe ich ein Leidensgenosse das 11. Gebot genannt."*[50]

Er warnte, dass die Menschen nicht gleichgültig sein sollten, wenn die Menschenrechte und die Verfassung heute nicht respektiert werden. In einem solchen Fall ist es sehr gefährlich, dass der "neue Auschwitz" zurückkehrt.

Alle hörten sich die Nachrichten mit großer Aufmerksamkeit an.

Über seinen Auftritt wurde in der internationalen Presse viel berichtet.[51]

Odeya sagte, sie hätte auch einen Wunsch. Sie möchte eines Tages Auschwitz besuchen. Ihre Mutter erzählte ihr oft, dass ein großer Teil ihrer Familie in

---

[49] [VLW 16.]

[50] [VLW 16.]

[51] [VLW 4., 11., 12., 16., 19., 20.]

diesem Lager ermordet worden war. Odeya küsste Annegret und Wilhelm und ging in ihrem Zimmer zum Schlafen.

Annegret sprach kurz mit Wilhelm. In den kommenden Sommerferien wollten sie das deutsche Vernichtungslager in Polen besuchen.

XXV.

Der Frühling brachte gutes Wetter und gute Laune. Odeya war sehr zufrieden mit Annegret und Wilhelm und sah gute Aussichten für ihr Leben. An einem Mittwoch wollte sie schnell einschlafen, weil sie am Donnerstag ihre Matheprüfung ablegen sollte. Aber sie dachte an ihre Mutter. Sie glaubte, Egele sei im Himmel sehr glücklich und wollte ihr auch sagen, dass sie auch hier mit ihren neuen Eltern glücklich sei.

Um 21 Uhr wollte sie eine Weile in die Küche gehen und etwas Wasser trinken. Das Licht in der Küche war leicht gedimmt. Sie kam herein und bemerkte, dass Annegret in der Küche stand. Sie wollte das Erfrischungsgetränk auf das Tablett stellen.

Annegret sah bei schlechten Lichtverhältnissen sehr attraktiv aus. Transparenter Kimono und kleiner String betonten ihre Figur. Annegret stand barfuß und ihre roten Nägel sahen sehr hübsch aus.

Zuerst war Odeya verlegen, aber nach einer Weile sagte sie:

- Entschuldigung, ich wollte nur ein Glas Wasser dabeihaben.

- Kein Problem, komm rein. - Annegret war sehr herzlich und freundlich.

Sie umarmte Odeya, so dass ihr Kopf in gutem Kontakt mit ihren Brüsten war. Odeya fand es sehr angenehm und hörte den Herzschlag ihrer Mutter sehr deutlich. Sie umarmte ihre Mutter und berührte ihren Rücken mit einer Hand und ihr schönes Gesäß mit der anderen. Annegrets Körperwärme machte einen sehr sentimentalen Eindruck auf Odeya.

Nach ein paar Sekunden sagte Annegret:

- Siehst du, wie gut und allmächtig Gott ist, Odeya? Es ist egal, ob wir ihn Allah, Gott, Jahwe oder Lord nennen. Ich war nie schwanger, ich war todkrank. Meine Weiblichkeit, meine Brüste wurden chirurgisch entfernt. Zu diesem Zeitpunkt brach die Welt für mich zusammen. Aber ich habe nie aufgegeben. Ich habe mit Glauben und Hoffnung gelebt. Und jetzt habe ich alles was ich wollte. Ich bin wieder eine schöne, gesunde Frau, ich habe einen guten Ehemann und jetzt bin ich eine glückliche Mutter.

„Also schafft Allah, was er will;

Wenn er ein Ding beschlossen hat,

spricht er nur zu ihm:

„Sei!", und es ist."[52]

Odeya drehte den Kopf, sah ihr direkt in die Augen und sagte:

- Ich bin sehr glücklich und dankbar, so gute Eltern zu haben. Zum ersten Mal lebe ich mit meiner Mutter und meinem Vater in einer vollen Familie.

---

[52] [Koran 3:42] Nach dem Koran ist dies die Antwort, die Maria von Gott erhielt, als sie bezweifelte, wie sie einen Sohn zur Welt bringen könnte, da niemand sie berührt hatte. [VLI 1.]

XXVI.

Inzwischen wurde Odeya 13 Jahre alt. Als Geburtstagsgeschenk schenkten ihre Eltern ihr ein hochwertiges Bluetooth-Headset der Bose 700-Serie. Sie mochte und hörte oft Musik, insbesondere das Interpretieren von Geigenwerken verschiedener Künstler.

Am Samstagmorgen schien die Sonne sehr positiv mit warmem Licht und Energie. Annegret lag oben ohne auf der Sommerliege und las den tolino. Immerhin wollte sie „Macbeth" zu Ende lesen. In den letzten Monaten ist so viel passiert, dass sie keine Zeit hatte, Shakespeare zu beenden.

Eine halbe Stunde später kam Odeya.

- Guten Morgen, Annegret. Kann ich mit dir die Sonne genießen?

- Natürlich bitte.

Die Mutter wollte ihre Brüste mit einem Bikinioberteil bedecken.

- Bleib wie du willst. Ich bin gewöhnt an topless. Meine Mutter konnte sich nicht viel leisten, aber wir haben immer 10 bis 14 Tage sonnige Ferien gemacht. Sie nahm immer oben ohne am Strand oder als Nudistin ein Sonnenbad. Sie zog ihr Hemd aus und legte sich in einen Bikini. Odeya war bereits im Teenageralter und ihr Körper wurde langsam weiblich. Odeya versorgte ihre Haut mit einer Schutzcreme und hörte weiterhin Musik über Kopfhörer. Sie beide genossen die Sonne. Nach einer halben Stunde setzten sie sich auf die Bettkante und tranken Wasser.

- Kann ich deinen roten Nagellack verwenden? Ich wollte eine Pediküre und eine Maniküre bekommen. Odeya fragte.

- Natürlich kein Problem. Du weißt, wo es im Badezimmer steht.

- Am dritten Maiwochenende, Samstag, möchte meine Schule die öffentliche Akademie vorstellen. Das Thema wird "Toleranz und Respekt" sein. Es wird auch Helene und ihre beiden Musiker geben. Jörg spielt Bratsche und Heinrich Cello. Bei dieser Gelegenheit wollen wir Antonio Vivaldis "Frühling"[53] vorbereiten.

Du kennst Helene. Bei ihr muss alles perfekt sein. Ich möchte auch sehr gut aussehen. Du hast mir schon ein rotes Cocktailkleid und silberne Sandaletten gekauft.

---

[53] [VM 13.]

- Sehr gut. Wir freuen uns auch zu kommen. Ich bin froh, dass deine Zusammenarbeit mit Helene so gut vorangekommen ist.

Eine halbe Stunde später sagte Annegret:

- Ich muss gehen. Ich habe vor, heute mit Wilhelm Golf zu spielen. Du kannst bleiben, wenn du willst. Aber pass auf deine Haut auf.

XXVII.

Die Akademie in der Schule war ein großer Erfolg. Auf der Bühne der Sporthalle wurden verschiedene Arten von Musik, Drama und Gedichten präsentiert. Junge Künstler aus verschiedenen Ländern präsentierten ihre Bilder und Fotos in der Halle. Besonders beeindruckend war das Portfolio mit Fotos von Syrien, wo seit mehreren Jahren ein schrecklicher Krieg stattfindet.

Für Odeya war es die erste Gelegenheit, sich einem so großen Publikum mit sehr professionellen Musikern vorzustellen. Ihre Leistung wurde mit großem Applaus aufgenommen. Nach der Akademie luden Annegret und Wilhelm Helene, Edeltraud und ihre beiden Kollegen als Dankeschön ins Restaurant ein.

Helena sagte, dass Odeya große Fortschritte in ihrer musikalischen Entwicklung machte und hat sehr gute Chance eine ausgezeichnete Geigerin zu sein.

XXVIII.

Die Schulferien kamen Ende Juni. Trotz eines schwierigen Jahres erhielt Odeya sehr gute Noten.

Annegret und Wilhelm planten für das erste Juliwochenende eine Reise nach Polen. Hauptziel war das deutsche Vernichtungslager in Auschwitz. Wilhelm hat alles perfekt organisiert. Die beste Flugverbindung bestand von Dortmund nach Kattowitz (Katowice).

Der Abflug war am Freitag um 12:45 Uhr mit Wizz-Air, Flugnummer W61098. Sie kamen pünktlich um 14.15 Uhr am Flughafen Katowice-Pyrzowice an. Im Mietgeschäft wartete bereits ein Auto der Größe C auf sie. Wilhelm buchte über Booking.com ein sehr komfortables Hotel "Courtyard by Marriott"[54] im Zentrum von Kattowitz.

Wilhelm buchte ein Doppelzimmer für Annegret und sich selbst und ein Einzelzimmer für Odeya.

Die Familie kam kurz nach 15:00 Uhr im Hotel an. Glücklicherweise gab es am Nachmittag noch Plätze für Ganzkörpermassagen im Wellnesscenter.

---

[54] [VLW 15.]

Annegret ließ vor dem Abendessen eine Maniküre und eine Pediküre durchführen. Odeya wollte auch morgen elegant aussehen, und Annegret half ihr, ihre Nägel schön mit rotem Nagellack zu bemalen.

Der Sitz des Polnischen Nationalen Rundfunksinfonieorchesters[55] befindet sich ganz in der Nähe des Hotels. Der Sitz dieses Orchesters ist eine Perle der Architektur, die vom Atelier von Tomasz Konior[56] entworfen wurde. Ein sehr modernes Gebäude mit hervorragender Akustik, in dem die Orchesterbühne nicht am Ende, sondern im Zentrum des Publikums steht. Auf Anraten des herausragenden Komponisten und begeisterten Dendrologen Krzysztof Penderecki[57] wurde ein grünes Hainbuchenlabyrinth um den Sitz gepflanzt.

Annegret kaufte Tickets für das Sinfoniekonzert für den folgenden Abend an der Abendkasse. Nach einem Besuch der Stadt gegen halb zehn kehrte die Familie ins Hotel zurück.

---

[55] [VLW 10]

[56] [VLW 10]

[57] [VLW 10]

Odeya küsste ihre Eltern und ging in ihr Zimmer. Sie wollte immer noch die Noten studieren. Sie war aufgeregt. Sie wusste, dass sie morgen vor einem sehr großen Publikum ein Konzert spielen würde. Sie wollte ihre Arbeit allen in Auschwitz Ermordeten, allen Opfern des Zweiten Weltkriegs sowie ihrer Mutter vorstellen.

Im Nebenzimmer wollten die Ehepartner früh ins Bett gehen. Wilhelm nahm ein Bad und ging ins Bett. Annegret zog im Badezimmer einen dunkelblauen Satinpyjama an und betrat den Raum. Wilhelm lag nackt unter der Decke. Sie ging ganz in der Nähe ihres Mannes ins Bett. Annegret umarmte Wilhelm und sagte:

- Ich habe ein ungewöhnliches Gefühl. Morgen besuchen wir das Lager Auschwitz. Wir Deutschen und unsere jüdische Tochter.

Wilhelm sagte:

- Ich habe auch ein seltsames Gefühl, aber wir müssen es für uns und für Odeya tun.

Annegret streichelte sanft Wilhelms Brust, Bauch und Beine. Wilhelm küsste sie ins Gesicht und knöpfte die Knöpfe an seinem Pyjama auf. Annegret zog ihren Schlafanzug komplett aus und wollte nach oben gehen. Aber Wilhelm sagte.

- Bitte, ich möchte etwas anderes.

Der Akt der Liebe war sehr intensiv. Annegret hob ihre Beine und rieb seine Brust mit ihren Füßen.

Wilhelm wusste, dass Annegret als Frau schönen Sex brauchte, der Sinn für ihre Liebe, Schönheit und Weiblichkeit machte.

Annegret war sehr erfreut, Wilhelm mit ihrem Sexappeal gefallen zu können.

XXIX. Das größte deutsche Konzentrations- und Vernichtungslager Auschwitz in Polen.

Am Samstagmorgen, nach dem Frühstück, zog sich die Familie elegant an. Zu diesem Anlass trug Annegret ein kurzes schwarzes Tom Tailor DenimKleid und schwarze NOELY-Pumps von RAID Haus. Odeya trägt ein elegantes blaues Boohoo-Cocktailkleid und in der Farbe Navy einen Blazer VIBLADE von VILA sowie silberne Sandalen von Tamaris. Wilhelm trug einen dunkelgrauen Anzug. Die Familie erreichte das Museum in Auschwitz (Oświęcim) problemlos mit Google Maps. Gegen 11:00 Uhr standen sie vor dem Haupttor und schauten auf die Inschrift über dem Eingangstor:

"Arbeit macht frei"[58]

Plötzlich sagte Odeya:

- Schau, es gibt einen Fehler!

Annegret und Wilhelm starrten Buchstabe für Buchstabe an, und beide stellten fest, dass der Buchstabe "B" umgekehrt mit großem Bauch nach oben geschweißt worden war.

---

[58] [VLW 5.]

Wilhelm sagte:

- Sicherlich wollten die Nazi-Gefangenen diesen Fehler verwenden, um Informationen zu verschlüsseln, dass diese Inschrift eine Lüge, ein Fehler war.

Der Besuch war beeindruckend. Die Gaskammer, das Krematorium und Baracken für die Opfer wurden ab dem 27. Januar 1945 geschlossen, als die sowjetische Armee das Lager befreite. Aber die traurige Atmosphäre, die Erinnerung an Krieg und Mord blieb.

Wilhelm stellte einen Strauß gelber Narzissen vor die Todesmauer. Odeya nahm die Geige und begann zu spielen. Die anderen Gäste des Lagers standen ebenfalls still. Zunächst spielte Odeya das Geigenstück "Polonaise brillante" von Henryk Wieniawski[59].

Dank der schönen klassischen Musik wollte die Geigerin allen Opfern, die jetzt mit Gott im Himmel feiern, sagen, dass wir hier auf Erden noch leben und auch glücklich sind.

Als Odeya das Lied beendete, waren alle Zuschauer sehr begeistert und baten.

---

[59] [VM 14.]

- Bitte spielen Sie eine Zugabe.

Odeya hatte keinen solchen Applaus erwartet. Nach einer kurzen Pause nahm sie wieder ihre Geige und spielte Grażyna Bacewicz '"Polish Caprice"[60].

Auf dem Rückweg nach Katowice sagte Annegret:

- Warum begehen Menschen solche Morde, solche Holocausts, solche Ausrottungen und Kriege? Jahrhunderte zuvor schrieb Shakespeare in „Macbeth", dass Mord und falsche Macht nicht guttun. Macbeth konnte von seiner Tat nicht profitieren und verlor schließlich seine Würde und sein Leben.

Wilhelm sagte:

- Horaces lateinische Phrase ist auch seit über 2.000 Jahren bekannt:

"Quidquid delirant reges,
plectuntur Achivi."[61]

---

[60] [VM 4.]

[61] „Was auch immer die Könige Irres reden, bestraft werden die Achaier." [Horaz, Epistulae 1.2.14] [VLW 8.]

Der Sinn ist, dass gewöhnliche Menschen immer die Wahnvorstellungen und Fehler von Königen oder Herrschern bereuen. Die Nazis lösten den Zweiten Weltkrieg aus. Einige wurden später in den Nürnberger Prozessen zum Tode verurteilt. Einige haben sich das Leben genommen. Aber über 50 Millionen unschuldigen Menschen haben den höchsten Preis bezahlt. Allein in Auschwitz wurden über 1 Million Juden, Polen, Russen, Ukrainer, Sinti und Roma, andere Nationalitäten und Homosexuelle ermordet.

- Du hast absolut Recht, aber wer kennt heutzutage die lateinischen Maximen? Sagte Annegret.

- Es gibt Leute, die intelligente Bücher lesen und relevante Websites durchsuchen. Jetzt, 75 Jahre nach der Befreiung von Auschwitz[62], heilen die Wunden, aber die Narben bleiben. Wir müssen ständig nach neuen Horizonten und neuen Perspektiven für die

---

Als Achaier oder Achäer im engen Sinne wurde im antiken Griechenland die Bevölkerung der Landschaft Achaia im Nordwesten der Peloponnes bezeichnet. [VLW 22.]

[62] Das Buch wurde 2020 geschrieben und in Deutschland veröffentlicht.

Zusammenarbeit mit allen Nationen und allen Völkern suchen.

- Wir müssen reagieren, wenn Menschenrechte, Verfassung oder soziale Regeln verletzt werden. Wir dürfen Homosexuelle, andere Religionen oder Nationen nicht beleidigen oder diskriminieren.

"Sei nicht gleichgültig."[63]

- Wir erwarten von der Europäischen Union, dass ihre Organe wie der Gerichtshof der Europäischen Union schnell und hart reagieren, wenn die Regierung eines Landes die europäischen Werte und Standards nicht einhält.

---

[63] [VLW 16.]

XXX.

Das symphonische Konzert in Kattowitz hat alle beeindruckt. Odeya hatte keine Zweifel mehr. Sie wusste, dass sie ihr Leben der Musik widmen wollte. Sie wollte auch in Zukunft Geige spielen und auf einer solchen Bühne auftreten.

Die Familie frühstückte am frühen Sonntagmorgen. Ihre Flugnummer W61097 sollte um 10:40 Uhr stattfinden. Sie waren bereits um 9:00 Uhr am Flughafen Katowice-Pyrzowice und gaben das Auto ohne Probleme zurück.

Odeya war sehr dankbar, Auschwitz und den Konzertsaal besuchen zu dürfen.

Während des Fluges wollte Annegret ihr nächstes Buch in tolino lesen. Sie schaltete ihren e-Reader ein. Tolino zeigte die letzte Seite von „Macbeth". Es's gab Wörter mit einem sehr positiven Ende.

MALCOLM

"...That calls upon us, by the grace of Grace,

We will perform in measure, time and place:

So, thanks to all at once and to each one,

Whom we invite to see us crown'd at Scone. "[64]

---

[64] „... Das ruft uns durch die Gnade der Gnade auf,
Wir werden in Maß, an Zeit und Ort auftreten:
Also, danke an alle auf einmal und an jeden,
Wen wir einladen, uns bei Scone zu krönen.
[VLW 23.]

Koran-Zitat als Dankeschön an alle Menschen, die Gutes tun.

„Siehe sie, die da glauben, und die Juden und die Nazarener[65] und die Sabäer, - wer immer an Allah glaubt und an den Jüngsten Tag und das Rechte tut, die haben ihren Lohn bei ihrem Herrn, und Furcht kommt nicht über sie, und nicht werden sie traurig sein.[66]"

---

[65] hier im Sinne von Christen

[66] [Koran 2:59] [VLI 1.]

Verzeichnis von Musik [VM]:

1. ABBA, "The Winner Takes It All", von Album "Super Trouper", Autoren: Benny Andersson, Björn Ulvaeus, 1980,

2. Natalia Avelon, geboren 21.03.1980 in Breslau, Polen, bürgerlich Natalia Siwek, eine deutsch-polnische Schauspielerin und Sängerin, Album "Love Kills", 2017,
   - "Bird in the Dark",
   - "Dark Desires" (feat. Bela B.),

3. Joan Baez, geboren 09.01.1941 in Staten Island, New York City, eine US-amerikanische Folk-Sängerin und Gitarristin, "Forever Young" ist ein Rocksong von Bob Dylan vom Album "Planet Waves", 1974,

4. Grażyna Bacewicz, (1909-1969), eine polnische Komponistin, "Polish Caprice for Solo Violin", 1949,

5. Jane Birkin, geboren am 14.12.1946 in London, eine britische Schauspielerin und Sängerin, und Serge Gainsbourg, (1928-1991), ein französischer Chansonnier, Filmschauspieler, Komponist und Schriftsteller, "Je t'aime ... moi non plus", 1969,

6. Joseph Ira Dassin oder kurz Joe Dassin (1938-1980), ein französischer Chanson-Sänger, "Et si tu n'existais pas" von Album „Joe Dassin", 1975,

7. Helene Fischer, geboren am 05.08.1984 in Krasnojarsk, Russische SFSR, eine deutsche Schlagersängerin, Tänzerin, Unterhaltungskünstlerin, Fernsehmoderatorin und Schauspielerin, Album *"Best of* Helene Fischer", 2018,

8. Edvard Hagerup Grieg oder kurz Edvard Grieg (1843-1907), ein norwegischer Pianist und Komponist der Romantik, das Klavierkonzert a-Moll Opus 16., Uraufführung am 03.04.1869 in Kopenhagen,

9. Michelle, geboren am 15.02.1972, bürgerlich Tanja Gisela Hewer, "Wenn ich was gelernt hab" von Album "Tabu", 2018,

10. Giacomo Puccini (1858-1924), die Arie "Nessun dorma" von der Oper "Turandot", das Libretto von Giuseppe Adami und Renato Simoni, Die Uraufführung fand fast anderthalb Jahre nach Puccinis Tod am 25. April 1926,

11. Johann Baptisti Strauß, auch als Johann Strauß (Sohn) bezeichnet (1825-1899), "An der schönen blauen Donau", Opus 314, 1867,

12. Shania Twain, geboren am 28.08.1965 in Windsor, Ontario, bürgerlich Eilleen Regina Edwards, eine kanadische Sängerin und Songwriterin, "From This Moment On", Album "Come On Over", 1998,

13. Antonio Lucio Vivaldi (1678-1741), ein venezianischer Komponist, Violinist des Barocks

und römisch-katholischer Priester, Violinkonzerte "Le quatro stagioni" (Die vier Jahreszeiten):

- "La primavera" (Der Frühling), Op. 8, RV 269
- "L'estate" (Der Sommer), Op. 8, RV 315
- "L'autunno" (Der Herbst), Op. 8, RV 293
- "L'inverno" (Der Winter), Op. 8, RV 297

14. Henryk Wieniawski (1835-1880), ein polnischer Komponist und Violinist, "Polonaise brillante A-Dur", Op. 21, 1870. Das Werk wurde für Karl XV. König von Norwegen und Schweden gewidmet.

Verzeichnis von Literatur, Webseiten [VLW]:

1. "Der Koran", Übersetzung von Max Henning, Vergangenheitsverlag 2010,

    ISBN 9783940621283

2. "Bibel", Text der Lutherbibel, Herausgegeben von der Evangelischen Kirche in Deutschland, 1999 Deutsche Bibelgesellschaft, Stuttgart

3. Christoph 25 – Siegen - ADAC Luftrettung,

4. GAZETA.PL Wiadomości dbd 27.01.2020, 21:04

5. http://auschwitz.org

6. http://www.murashev.com/opera/Turandot_libretto_German_Act_3,

    Reproduced with express permission from http://www.murashev.com/opera/.

7. https://de.wikipedia.org/wiki/Liste_lateinischer_Phrasen/D

8. https://de.wikipedia.org/wiki/Liste_lateinischer_Phrasen/Q, Horaz (65 v. Ch – 8 v. Ch.), einer der bedeutendsten römischen Dichter der Augusteischen Zeit, Epistulae 1.2.14.

9. https://de.wikipedia.org/wiki/Marian_Turski, Marian Turski, geboren am 26.06.1926 als Mosze Turbowicz, ein polnischer Journalist jüdischer Abstammung und Vorsitzender des Jüdischen Historischen Instituts in Warschau

10. https://nospr.org.pl/en

11. https://tvn24.pl/tvn24-news-in-english/auschwitz-survivor-marian-turski-delivers-powerful-address-during-liberation-75th-anniversary-3452664, TVN24 News in English, 28.01.2020, 05:25, Autor gf

12. https://wiadomosci.gazeta.pl/wiadomosci/7,114883,25639905,turski-na-obchodach-wyzwolenia-auschwitz-nie-badzcie-obojetni.html#s=BoxOpImg1.

13. https://www.deutschlandfunk.de/sure-94-verse-1-8-gute-zeiten-schlechte-zeiten.2395.de.html?dram:article_id=389189,

14. https://www.gimborner-land.de

15. https://www.marriott.com/hotels/hotel-photos/ktwcy-courtyard-katowice-city-center/

16. https://www.nzz.ch/international/2-weltkrieg-75-jahre-kriegsende/auschwitz-gedenken-und-sorge-im-ehemaligen-vernichtungslager-ld.1536747, Neue Zürcher Zeitung, Ivo Mijnssen, Wien, 27.01.2020, 20:15

17. https://www.songtexte.com/songtext/the-real-abba-gold/winner-takes-it-all-3392c021.html

18. https://www.songtexte.com/uebersetzung/jane-birkin/je-taime-moi-non-plus-deutsch-5bd6c728.html

19. https://www.spiegel.de/politik/deutschland/auschwitz-gedenken-da-war-ich-schon-dem-tod-

geweiht-a-0a1a5c7f-1b88-4cd8-9108-d66f924f4bf2

20. https://www.sueddeutsche.de/politik/auschwitz-75-jahre-video-1.4773813, Süddeutsche Zeitung, 27.01.2020, 15:26

21. https://www.tk.de/techniker/gesundheit-und-medizin/behandlungen-und-medizin/herz-kreislauf-erkrankungen/koronare-herzkrankheit/tk-plus-bei-khk/dmp-news/keine-angst-vor-sex-2030916

22. https://www.wikipedia.de

23. William Szekspir (Shakespeare), "Makbet", Verlag Hachette Polska sp. z o.o., Warszawa 2016, ISBN: 9788328207349

24. Yves C. Ton-That, "Golfregeln & Etikette: Klipp und klar!", Verlag Artigo Publshing International, ISBN 978-3-909596-93-5

Verzeichnis von Firmen und Marken:

1. ABOUT YOU
2. ADAC Luftrettungsstation Siegen
3. AOK
4. Anna Field
5. Apple Inc.
6. Apple of Eden
7. Boohoo
8. Booking.com
9. Bose
10. Bufallo
11. Cobra
12. Cross Kleid
13. Cross Jacke Midlayer Tech
14. Daily Sports
15. Durex
16. eBook Reader tolino vision 5
17. ECCO
18. ‚Emma' Skort von ABOUT YOU

19. ESPRIT
20. Gabor
21. Google Maps
22. Golfanlage „Gimborner Land"
23. Hallhuber
24. IKEA
    - Äpplarö
    - Slättö
25. iPhone, iTunes von Apple Inc.
26. Lascana
27. LeGer by Lena Gercke
28. Levi's
29. LTB
30. Mango
31. Marriott
32. NOSPR Narodowa Orkiestra Symfoniczna Polskiego Radia z siedzibą w Katowicach
33. Nike
34. Nivea

35. PANETEN
36. Rieker
37. Röhnisch Capri Hose Comfort
38. ‚Silva' Top von ABOUT YOU
39. Stressless Consul
40. Surface Go von Microsoft
41. Topshop
42. Vero Moda
43. Viggo
44. Volkswagen
45. Wilson
46. Wizz Air
47. Zalando

Inhaltsverzeichnis:

Erklärungen 5
Motto: 7
I. 9
II. 12
III. 20
IV. 25
V. 29
VI. 32
VII. 34
VIII. 37
IX. 40
X. 42
XI. 50
XII. 54
XIII. 58
XIV. 62
XV. 66
XVI. 70

XVII. 72

XVIII. 77

XIX. 78

XX. 80

XXI. 82

XXII. 87

XXIII. 90

XXIV. 91

XXV. 94

XXVI. 97

XXVII. 100

XXVIII. 101

XXIX. Das größte deutsche Konzentrations- und Vernichtungslager Auschwitz in Polen. 105

XXX. 110

Koran-Zitat als Dankeschön an alle Menschen, die Gutes tun. 113

Verzeichnis von Musik [VM]: 115

Verzeichnis von Literatur, Webseiten [VLW]:..... 119

Verzeichnis von Firmen und Marken: 123

Inhaltsverzeichnis:... 127